妖怪奉行所の多忙な毎日

廣嶋玲子

JN225599

妖怪奉行所は、日夜様々な妖怪がやってきては、助けを求める場所。烏天狗一族が与力、同心から牢番までを代々務めている。飛黒はそんな烏天狗の筆頭であり、奉行の月夜公の右腕だ。ある日飛黒が双子の息子右京と左京を奉行所に連れてきた。双子も将来は奉行所でお役目につく身、今のうちに見学させておこうというわけだ。夫婦喧嘩の仲裁、淵の主の脱皮の手助けと、今日もてんてこ舞いの烏天狗達。だが、その陰で双子だけでなく、月夜公の甥の津弓、妖怪の子預かり屋の弥助まで巻き込む、とんでもない事件が進行していた。大人気シリーズ第七弾。

人物

久蔵《きゅうぞう》
太鼓長屋の
大家の息子

千弥《せんや》
太鼓《たいこ》長屋に住む
按摩《あんま》の青年

玉雪《たまゆき》
兎《うさぎ》の妖怪

梅吉《うめきち》
梅の子妖怪

弥助《やすけ》
千弥の養い子

登

飛黒《ひぐろ》
妖怪奉行所の
筆頭烏天狗《からすてんぐ》

月夜公《つくよのぎみ》
妖怪奉行所
東《ひがし》の地宮《ちぐう》の
奉行

津弓《つゆみ》
月夜公の甥《おい》

左京《さきょう》（弟）・右京《うきょう》（兄）
飛黒と萩乃の双子《ふたご》の息子

一彦《いちひこ》
二吉《にきち》
三太《さんた》
……月夜公の尻尾を支える鼠《ねずみ》

四朗《しろう》……一彦・二吉・三太の子

蘇芳《すおう》
初音に仕える
下女蛙。
青兵衛の女房
青兵衛《あおべえ》
初音に仕える蛙《かえる》
萩乃《はぎの》
飛黒の女房《にょうぼう》。
初音の乳母《うば》
初音《はつね》
久蔵の女房。
華蛇族《かだぞく》の姫
王蜜《おうみつ》の君《きみ》
妖猫族《ようびょうぞく》の姫

風丸《かぜまる》
妖怪奉行所の牢番
雀丸《すずめまる》
妖怪奉行所の牢番
桐風《きりかぜ》
妖怪奉行所の
同心
朱刻《あけとき》
雄鶏《おんどり》の妖怪
玄空《げんくう》
妖怪奉行所の
書庫番
時津《ときつ》
雌鶏《めんどり》の妖怪

妖怪の子預かります７

妖怪奉行所の多忙な毎日

廣　嶋　玲　子

創元推理文庫

FLUTTERING AROUND

by

Reiko Hiroshima

2019

目次

登場人物紹介・扉イラスト　Ｍｉｎｏｒｕ

妖怪の子預かります7

妖怪奉行所の多忙な毎日

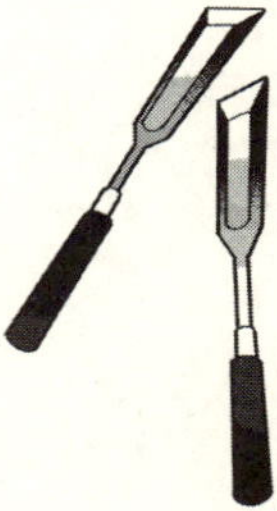

妖怪奉行所の多忙な毎日

欲するもの

その人は微笑《ほほえ》んでいた。口元に愛しさのこもった微笑みを浮かべ、こんな大事なものはないと言わんばかりの想いを目に宿して、そこにいた。

その美しさに、最初は息が詰まり、次には激しく胸が高鳴りだした。

なんときれいな笑顔だろう。

なんと美しいまなざしだろう。

それが自分に向けられたものではないとわかっていても、魂《たましい》が震えた。

そう。最初はそれでよかった。その微笑みを、傍《かたわ》らからそっと見つめているだけで、心が満たされた。

だが……。

次第に欲が身を焦がしだした。

この笑顔が、まなざしが自分のものになったら、どんなに嬉しいだろう。それこそ、天にも昇る心地になれるはず。

……ほしい！

自分を見て、微笑みかけてほしい！

いったん生まれてしまった願いは、もはや止められなかった。

一

双子《ふたご》の烏天狗《からすてんぐ》、右京《うきょう》と左京《さきょう》の朝は早い。父親の飛黒《ひぐろ》が早く起きるので、自然と子供らも早く目覚めるようになったのだ。

飛黒は、全身を漆黒《しっこく》の羽毛に覆われた烏天狗だ。突き出たくちばしも黒く、鋭く、ぎょろりとした目は鬼灯《ほおずき》のように赤く燃えている。

お世辞にも美男とは言い難いが、背に生えた翼は大きく、黒繻子《じゅす》のように艶やかだ。鍛《たん》錬《れん》の際には、衣をもろ肌脱ぎに、黒鉄玉をはめこんだ六尺棒を振り回しながら、翼を大きく広げる。その雄々しい姿は、子供らの憧れだ。

だから、右京も左京も父の傍らで必死に鍛錬する。

双子は、華蛇族《かだぞく》の母の血が強く出たのか、顔は人面で、体にも羽毛がない。それでも背中には小さな黒い翼がある。それを精一杯広げて、羽ばたきを繰り返す。いつの日か、父のような立派な翼になることを願って。

鍛錬が終わると、飛黒は汗で濡れた体をふき、すぐに朝餉《あさげ》の支度にとりかかる。それを手伝うのも双子の日課だ。親子三人、仲良く飯を炊き、味噌汁をこしらえる。

だが、そこに母親の萩乃《はぎの》の姿はなかった。

「母上、今日も留守なのですね」

「……左京達の顔、お忘れなのではないかしら？」

空の母の座布団を見て、双子は寂しげな声でつぶやきあった。

もともと萩乃は乳母《うば》として華蛇族の初音《はつね》姫に仕えており、その忙しさゆえに、めったなことでは自宅に帰れない身であった。だが、その姫も成人し、人間に嫁《とつ》いだ。乳母の役目はひととおりすんだということで、最近は役目に縛られる時間が少なくなり、そのぶん、家族と過ごせるようになっていたのだ。

だが、右京と左京が喜んだのも束の間、初音姫が身ごもった。

「一人で人界に嫁がれた姫様は、さぞ心細くいらっしゃることでしょう。初産《ういざん》が終わるまで、わたくしが面倒を見てさしあげなくては」

萩乃は奮いたち、せっせと人界通いを始めたというわけだ。最近は姫のつわりがひどいということもあって、二日に一度は人界に行っている。そのまま泊まってしまうこともしばしばだ。

そのことに、双子は少々しおれていた。母がいなくて、やはり寂しいのだ。

そんな二人を見かねたのか、その朝、朝餉の席で飛黒が思いがけないことを言ってきた。

「右京、左京、今日は父と共に奉行所に行ってみぬか？」

「父上と？」

「そうだ。おまえ達もだいぶ大きくなったからな。父がどのような役目を果たしておるのか、その目で見ておくのもよかろう。おまえ達も、いずれは烏天狗の一人として、大事なお役目をたまわることになるだろう。心構えをするためにも、今後はちょくちょく奉行所に連れていこうと思っておるが、どうじゃ？」

「行きます！」

「父上と一緒に行きとうございます！」

「よし。それでは、急ぎ朝餉をすまして、支度をせよ」

「はい！」

慌ただしく朝餉を終え、椀や膳を片づけたあと、親子は共に家を飛び立った。向かうは、妖怪奉行所の一つ、東の地宮《ちぐう》。大妖怪、月夜公《つくよのぎみ》が奉行を務める要所だ。

雪龍樹《せつりゆうじゆ》で造られた建物は、大門の柱から床板にいたるまで、全てが白く輝いている。造りは華美ではないが、まるで神おわす社《やしろ》のような厳粛《げんしゆく》な空気に満ちている。

ここは日夜、様々な妖怪がやってきては、揉め事の仲裁や助けを求める場所だ。そして、烏天狗一族が門番、書記、与力、同心、まかない番、牢番などのいっさいを代々務めている場でもある。飛黒は彼らの筆頭であり、月夜公の右腕として働いているのだ。

忙しげに廊下を歩く烏天狗達とすれ違いながら、右京も左京も興奮で目をきらめかせていた。二人とも、ここに来るのは初めてなのだ。

こらえきれず、左京が口を開いた。

「父上はここで、どんなことをなさるのですか？」

「色々だ。災獣の始末に、悪者の捕り物、土砂や嵐で被害を受けたものらの救出、山火事の鎮火、行方知れずになった子妖《こよう》捜し。やるべきことはいくらでもあるが、一番大事なのは……」

だが、飛黒が言い終える前に、前方の廊下の角をまがって、月夜公が三人の前に現れた。

この奉行所の長である月夜公は、今日も赤い般若《はんにゃ》の面で顔の半分を覆い、その怜悧《れいり》な美貌をいっそう凄みのあるものにしている。すっきりとした長身を包むのは、深紅の衣に、白絹の袴《はかま》。尻からのびる長く重たげな三本の白い尾は、そろいのお仕着せを着た白鼠《しろねずみ》達に支えられている。

飛黒に気づくなり、月夜公はすぐに声をかけてきた。

「おお、そこにいたのか、飛黒」

「あ、これは月夜公様。おはようございまする」

「うむ。そこにいるのは、おぬしの子らか？」

「はい。右京と左京でございまする。二人とも、月夜公様にご挨拶せい」

「右京でございまする」

「左京でございまする」

双子はすぐさま頭を下げた。行儀や礼儀は、母から厳しく仕込まれているので、会釈の形も美しい。

礼儀正しい双子に、月夜公は気をよくしたようだ。美しい口元に淡い笑みが浮かんだ。

「そうか。良い子らではないか。……うむ。ちょうどよい。飛黒、その子らを津弓《つゆみ》の元にやってはくれぬかえ？」

「え？　津弓君《ぎみ》の元へ？」

「そうじゃ。……もう少しこらしめておきたいところじゃが、このあたりで機嫌をとっておかぬと、吾《われ》が嫌われてしまうからの。すでに一人、津弓のところに送りこんだが、あの子はにぎやかなのが好きじゃ。この二人が加われば、より喜ぶであろう」

「あいかわらず甘くていらっしゃる……」

「何か言うたかえ?」

「いえ……すぐにお屋敷に向かいまする」

「そうしてくれ。ああ、子供らを送ったら、おぬしはすぐに戻ってまいれ」

「……あいわかりました」

月夜公が満足げに去ったあと、双子は気の抜けた様子をしている父の袖を引っ張った。

「父上」

「父上」

「な、なんだ?」

「さっきの話の続き、なんですか?」

「ほら、やるべきことはいくらでもあるけど、一番大切なことは、で止まってしまっています」

「続き、聞かせてください」

「気になります」

「あ、ああ、そうだったな。一番大事なのは、月夜公のご命令に従うことだ。それがどんなことであれな」

「……それって」

「何も言うな。言わんでくれ」

そう言って、飛黒は双子を連れ、急遽《きゅうきょ》月夜公の屋敷へと飛んだのだ。

広大な庭と壮麗《そうれい》な御殿のごとき屋敷には、右京も左京も目を奪われた。これはまさしく、あの月夜公が住まうにふさわしい屋敷だ。中も広く、廊下は長く、いくつも交差しており、ちょっとした迷路のようだ。

だが、飛黒は何度もここに来ているのだろう。迷いなく足を進め、一つの部屋の前へとやってきた。

部屋に入る前、飛黒は双子に言った。

「こちらは月夜公様の甥御、津弓君のお部屋じゃ。月夜公様のお言いつけを破った罰として、少し前からここに押しこめられておられる」

「悪い子なのですか?」

「いや、気性は明るく素直なお子だ。だが、そうだな。無邪気ゆえのわがままさ、いや、強情っぱりなところもお持ちだ。……くれぐれも泣かせぬよう、気をつけてくれ。月夜公様は、津弓君のためとあらば、常軌《じょうき》を逸した荒技にすぐに出るからな」

「……はい」

「わかりました」

さすがにあの月夜公を怒らせたくはないと、双子は肝《きも》に銘じることにした。

息を吸いこみ、飛黒は部屋に向かって声をかけた。

「津弓君。飛黒でございまする。部屋に入らせていただきまするぞ」

そうして、飛黒は部屋の戸を開けた。中は広い座敷となっており、様々なお菓子や玩具《おもちゃ》が散らばっていた。そうしたものに囲まれるようにして、一人の男の子が座っていた。

ぷっくりとした頰をした、かわいらしい色白の男の子だ。見たところ、五歳か六歳くらいだろうか。山吹色の水干《すいかん》をまとい、髪はみずらに結っている。その髪から二本の角がちょこりとのぞいており、尻には細くて白い尾が生えている。

入ってきた飛黒を見て、その子はにこっと笑った。

「あ、飛黒。おはよう。あれ、その子達、誰？」

「わしの倅《せがれ》どもで、右京と左京と申しまする」

「へえ。双子？　そっくりだねえ」

興味深そうにこちらを見る津弓に、これが月夜公の甥なのかと、右京と左京は戸惑った。

確かにかわいい子ではあるが、月夜公のような圧倒的な美しさや力の波動はない。

だが、とにかく挨拶せねばと、二人は津弓に頭を下げた。

「お初にお目にかかりまする、津弓様」

「お会いできて、嬉しゅうございまする」

「わあ、声まで同じだねえ！」

津弓は目を瞠《みは》った。

と、奥にあったついたての向こうから、ひょこっと、浅黒い顔がのぞいた。知っている顔だったので、右京も左京も驚いた。

「弥助《やすけ》殿！」

「声を聞いてそうかと思ったけど、やっぱり、右京に左京か」

そこにいたのは弥助という少年だった。歳は、十三か十四。くりくりっとした目が印象的で、愛嬌《あいきょう》のある顔つきをしている。

この弥助、人間でありながら、妖怪の子供を預かる子預かり屋をやっており、双子も世話になったことがある。

飛黒があきれた声をあげた。

「弥助。おぬし、どうしてそんなところにおる？」

「いや、いつもどおり、月夜公にいきなりひっつかまえられて、ここに連れてこられたんだけどさ。落とされた場所が金魚鉢の上でさ。もうびっしょびしょ。なんの金魚か知らないけど、がじがじ噛まれたし、踏んだり蹴ったりだよ」

とにかく金魚を鉢に戻し、濡れた着物のかわりを出してもらって、ついたての向こうで着替えていたところに、飛黒達がやってきたのだという。

ここで弥助は情けない顔となって、津弓を見た。

「出してもらって文句をつけるわけじゃないけど……なあ、津弓。着替え、これしかないのか？」

「何？　気に入らない？」

「俺には派手すぎるんだよ。なんだよ、これ。赤地に金と銀の大菊模様だなんて、どっから引っ張り出してきたんだ？」

「それ、叔父上のなの。叔父上はきれいな着物がお好きなの」

「……もっと地味なのはないのか？」

「ないよ。もっと派手なのなら、いっぱいあるけど」

「……もうこれでいいよ」

結局、太夫《たゆう》の襦袢《じゆばん》のように艶やかな朱色の着物をぞろりとまとって、弥助は恥ずかしそうについたてから出てきた。

「な、なかなかよく似合っているではないか」

「吹き出しそうな声で言われても嬉しかないよ、飛黒さん。……これ、千《せん》にいには絶対内緒にしてくれよな?」

「なんで? 弥助、きれいな着物も似合ってるよ。叔父上ほどじゃないけど、いいと思うよ」

「……あんまり嬉しくねえんだよ、津弓」

ため息をついたあと、弥助は飛黒を見た。

「それで、飛黒さんは? 右京達を連れて、どうしてここに来たのさ?」

「あ、忘れてた。そうだよ、飛黒。どうしたの?」

「はい。月夜公様の命にて、我が倅どもを連れてまいりました。よろしければ、遊び相手として加えていただけませぬか?」

なるほどと、弥助が苦笑した。

「いつもの月夜公のご機嫌とりってわけだ。やっぱり甘やかしてるなぁ」

「おぬしがそれを言うか? 千弥《せんや》殿にべたべたに甘やかされているくせに」

「……それを言われると、言い返せない」

弥助は首をすくめた。

養い親の千弥は、〝弥助命〟の親馬鹿で、その溺愛ぶりは月夜公の津弓に対するものに勝るとも劣らずと言われているのだ。

一方、遊び相手と聞いて、津弓の目が大きく見開かれた。

「飛黒の子達……津弓と遊ぶの？　遊んでくれるの？　ほんとに？」

「よかったじゃないか、津弓。これで寂しくないな」

「う、うん！　嬉しい！　よろしくね」

「こちらこそよろしくお願いいたしまする。右京でございまする」

「左京でございまする。お会いできて、嬉しゅうございまする」

礼儀正しい双子の挨拶に、津弓は慌てて会釈を返した。

「津弓、でございまする。よろしゅうお願いいたしまする」

「こ、これ、津弓君。我らにそのような礼儀はいりませぬ。あ、もう行かねば。弥助、では、三人をよろしく頼んだぞ」

「ああ、わかったよ」

慌ただしく飛黒は立ち去った。

残された子供らは部屋に入り、お互いの顔をじろじろと見交わした。特に、津弓は双子が気になってしかたないようだ。しみじみとつぶやいた。

「ほんとにそっくり。同じ顔が二つ並んでて、なんだかおもしろいね。二人とも、同じ日に生まれたの？」

「はい」

「同じ卵から同じ日に生まれました」

「でも、右京のほうが少しだけ早く生まれたので、兄でございまする」

「左京は少しだけ遅れたので、弟なのでございまする」

「へえ、そうなの。……津弓も、兄弟がほしかったなぁ。そうすれば、叔父上にお叱りを受けても、お部屋に閉じこめられても、寂しくなかったのに」

ちょっと沈んだ顔になる津弓。気を晴らしてやろうと、弥助はあえて明るい声で尋ねた。

「そういや、今回はどうしておこもりさせられているんだ？」

「……王蜜《おうみつ》の君《きみ》」

「ん？」

「ほら、この前、弥助のところで王蜜の君と会っちゃったでしょ？」

「ああ、あれね」

「お、王蜜の君は気まぐれで危険な大妖《たいよう》だから、近づいちゃいけない、話をしてもいけないって、前々から叔父上には言われていたの。でも、あの時は王蜜の君だって、わからなくて。子猫に化けてたし、梅吉《うめきち》も一緒だったんだもの。つい、油断しちゃったの」

「で、三人で屋敷を抜け出して、いたずらをしでかして、猫首《ねこくび》に出くわしたと。……うん。

そりゃ月夜公が怒るのも無理ないな」

「で、でも、津弓は反省したんだよ。あれからずっと、梅吉とも遊んでないし。叔父上、梅吉は嫌いじゃないけれど、津弓とは遊ばせたくないんだって。ひどいと思わない?」

ふくれっつらになる津弓。

事情がわからない右京は、弥助にそっと尋ねた。

「梅吉って、誰ですか?」

「知らないかい? 梅の里の梅妖怪だよ。青梅みたいな顔をした、小さいやつ。威勢がよくて、いたずら者で、津弓と一緒になって、しょっちゅう悪さをするんだ。俺が月夜公でも、おまえ達を二人きりで会わせたくないね」

「ひどい! 弥助までひどい!」

「あ、こら! な、泣くなよぉ」

必死になだめにかかる弥助の姿に、右京と左京はくすくすと笑った。この弥助も、月夜公を怒らせたくはないようだ。

弥助の手助けをしてやろうと、双子は口々に津弓に話しかけた。

「津弓君。遊びましょう」

「何か楽しく遊びましょう。それなら寂しくないでしょう?」

「ほら、この二人もこう言っていることだし。機嫌直せって。な?」

「う、うん」

べそをかきかけていた津弓だったが、すぐに笑顔に戻った。

とりあえずということで、四人はすごろくを始めた。お次は手毬《てまり》で遊び、かるた遊びに盛りあがった。

津弓は始終楽しくてたまらないという顔をしていたが、右京や左京も負けず劣らず楽しんでいた。双子は弥助のことが好きだったし、津弓のことも気に入り始めていたのだ。月夜公にべたべたに甘やかされている割には、津弓は素直で無邪気な子妖であった。その丸い顔にはなんとも言えない愛らしさがある。

ふくふくのほっぺたをつついてみたいなと、双子が心の中で思っていた時だ。ふと、かるたの札を読んでいた弥助が顔をあげた。

「そういや、ここの庭を見たのは夏だったな。蛍が飛んでて、池の水が涼しげで、すごくよかったけど……春の庭ってのも見たいな。津弓、見に行ってもいいか?」

「うん、いいよ! 津弓が案内する! 右京と左京も見に行くでしょ?」

「お供させていただきまする」

「おまえ達はほんとに行儀がいいよなぁ。……やっぱり、おっかさんの躾《しつけ》の賜物《たまもの》ってやつか」

「弥助、弥助。津弓だって、お行儀いいでしょ？」

「おまえは……うーん。まあ、月夜公の甥っ子って感じがするよ」

そんなことをしゃべりながら、四人は部屋を出て、庭に向かった。

すでに桜の花は散り終えていたが、広大な庭は春の美しさに満ちていた。様々な色の菖蒲《あやめ》が凜として咲き誇り、足元の草も来たるべき初夏、梅雨《つゆ》に向けてしっとりと色を濃くしている。紅葉《もみじ》の青々とした葉の美しさも、また格別だ。

敷き詰められた玉砂利よりも、弾力のある草を踏むほうが楽しくて、子供達はあえて草の上を歩いた。

「いやあ、やっぱりすごいな、ここは」

「本当に広うございまする！」

「それに、お池も大きい！　あ、ほら、右京。あそこに鯉《こい》がいます！」

「違うよ。あれは鯉じゃなくて、人魚なの。津弓もよく餌をあげるんだけど、お礼に歌を歌ってくれるんだよ」

「それはすてきでございまするね」

と、いきなり弥助が身をかがめ、嬉しげな声をあげた。

「お、蓬《よもぎ》があるじゃないか。へえ、妖怪の屋敷でもこういうのが育つのか。うん。柔らかくていいやつだな」

「それ、草でしょ？　なんで喜ぶの？」

「なんだ。津弓は草餅を食ったことがないのか？」

津弓はきょとんとした顔をしたが、それは烏天狗の双子も同じだった。

「なんでございまする、弥助殿？」

「その、草餅というのは？」

「え？　右京も左京も食ったことないの？　蓬を餅に練りこんだやつだよ。そのままで食ってもいいけど、あんこをまぶすのが一番うまいな。きなこも悪くない。すげえ香りがよくて、あれを食うと、春が来たって感じがするんだ。……そういや、今年はまだ食ってなかったたな」

「津弓、それ食べたい！　草餅！」

「右京もでございまする！」

「左京もでございまする！」

食べたい食べたいと騒ぎだす子妖達に、弥助は鼻の頭をかいた。

「うーん。作るにはまず餅をつかないと……ま、いいや。月夜公に頼めば、それはなんとかなるだろうし。よし。それじゃ草餅作るか。まずは蓬を集めなきゃな。三人とも、手伝ってくれ。こういうのを探すんだ。できるだけ柔らかいやつがいいぞ」

きゃあきゃあと歓声をあげて、子供らはさっと庭に散った。

探す、見つける、採る。

子供にとって、これほどおもしろくて楽しいことはない。弥助も夢中になって、草をかきわけ、蓬を探した。

やがて、どっさりと蓬が集まった。

「このくらいでいいだろう。あとはもち米と一緒につくんだけど……津弓、台所はどこにある？」

「あっちだよ」

採った蓬を抱えこみ、四人は台所へと向かった。

この屋敷にふさわしく、台所も大きく立派なもので、かまどが四つもあった。他にも、人の背の高さほどもある樽《たる》や甕《かめ》がずらりと並んでいる。漂ってくる匂いからして、味噌や酒、醤油《しょうゆ》、漬物などが入れられているようだ。

ただし、誰もいなかった。朝餉が終わったばかりなので、下働きのもの達も一休みしているのかもしれない。

「すげえ。これだけ広いと、色々こしらえるのも楽だろうなあ。あ、右京達は蓬をきれいに洗っといてくれ。津弓、もち米と釜がどこにあるか、わかるか?」

「うーん。わかんない。だって、ここにはあまり来ないから」

「じゃ、勝手に探させてもらおうかな」

弥助が背伸びし、手近にあった甕のふたを持ち上げかけた時だ。奥からふらっと、妖怪が出てきた。

なでしこ柄の浅黄《あさぎ》色の着物を着て、長い髪を一つに束ねた女妖《じょよう》だ。妖狐《ようこ》のたぐいなのか、ふっさりとした狐の尾が尻から一本、生えている。だが、顔はわからなかった。黒い狐面をつけていたからだ。

弥助はぎょっとしたが、それは相手も同じだった。びっくりしたように体をこわばらせる。何か張りつめたものがその場に満ちかけた。

が、津弓が無邪気な声でそれを断《た》った。

「そんな驚かなくても大丈夫だよ、弥助。うちではね、使用人はみんなお面をかぶるの。叔父上の言いつけだよ」

「そ、そうなのか?」

「うん。うちで働いていることが、外の誰かに知られてはいけないからって。用心なんだって」

弥助ははっとした。わかる気がしたのだ。

月夜公は奉行、妖怪の揉め事を治める役目にある。その結果、恨みを買うこともあるだろう。月夜公に手出しできるようなものはめったにいないだろうが、腹いせとして、月夜公のまわりのものに目をつける悪辣な輩《やから》もいるかもしれない。

使用人に仮面をつけさせるのは、そういう悪意から守りたいという、月夜公なりの気遣いなのだろう。

納得しながら、弥助は女妖に声をかけた。

「どうも。俺達は……ええと、その、もち米をもらえませんか？　あと、米を炊く釜と、臼杵《うすきね》も貸してもらいたいんだけど」

「あ、あい。それならすぐお出しできますが……お餅でもこしらえるんですか？」

事情を聞くと、女妖は笑いを含んだ声で言ってきた。

「お餅を今からこしらえるのは大変ですよ。それより、白玉粉を使ってはいかがです？　水で練ったところに蓬を練りこんで、茹《ゆ》でれば、立派な草餅ができますよ」

「あ、そうか。そっちのほうがいいな。白玉粉、もらえます？」

「今、お出ししますよ」

「あと、鍋とすり鉢も」

「あい」

てきぱきと必要なものを出してもらい、弥助はぐぐいと袖をまくった。

「ありがとさん。それじゃ、草餅作るかぁ！」

「うん！」

「おまえ達は、まず蓬の茎から葉をきれいに取ってくれ。使うのは葉だけだからな」

「茎は入れないの？」

「入れると、舌触りがよくないんだ、だから念入りにやっといてくれよ。俺はその間に湯を沸かしておくからさ」

「はーい」

子妖らがちまちまと蓬の葉を千切っている間に、弥助はかまどで湯を沸かした。

「できたよ、弥助。次は何をしたらいい？」

「おっ、ちょうどいい時に。よしよし。それじゃ、今度は粉に少しずつ水を入れて、よく練ってくれ。耳たぶくらいの柔らかさになるまで練るんだ。できるか？」

「できる！」

「やりまする！」

「よしよし。それじゃ、俺はこの蓬をさっと茹でて、あくをとっちまうよ」

湯に浸すと、蓬の葉はさらに鮮やかな色へと変わる。香りもいっそう強くなり、清々しく台所に広がっていく。

柔らかくなったところで、弥助は蓬を引きあげ、よく水気を切ってから、すり鉢に入れた。

ここで子妖らを見てみると、津弓と左京が二人がかりで粉を練っていた。どちらも夢中の様子で、津弓など、顔にも髪にも白い粉をつけている。だが、右京は手持無沙汰そうにしていたので、弥助は声をかけた。

「おい、右京。こっちを手伝ってくれ」

「手伝いまする！」

嬉しげに飛んできた烏天狗の子に、弥助はすりこぎを渡した。

「こいつでよくすってくれ。俺は鉢を押さえておくから。疲れたら交代しような」

「はい！」

「お、そうそう。うまいじゃないか」

「父上の手伝いで、よくごまをすったりしておりまする」

「そりゃ偉いな」

形がなくなるまで蓬をよくすり、それを津弓達がこしらえた生地へと加える段になった。

ここで、弥助は絶句した。

津弓達は、きちんと生地を練り上げていた。固さもなめらかさも申し分ない。それはいい。それはいいのだが、量が問題だった。

「……おまえら、あった粉、全部使っちまったの？」

「うん！」

「やれやれ。茶碗に二杯くらいで十分だったのに。こりゃ大量にできちまうな……」

「いいじゃない。津弓、たくさん食べるもの」

「左京もでございまする！」

「右京も！」

「……そうだな。蓬も多すぎるくらいだったから、むしろちょうどいいか」

苦笑いしながら、弥助はすりつぶした蓬を生地に加え、全体に均等になじむよう、よく練りこんだ。真っ白だった生地が、春の若草のような色となる。

「よし。それじゃ、食べやすい大きさに丸めていってくれ。真ん中はちょこっとへこませてな。できたやつは、どんどん俺が茹でてくからさ」

そのあとは流れ作業となった。子妖達がこしらえる白玉を、弥助が次々と茹でていく。

茹であがって浮いてきたやつはすぐにすくいあげ、そばにおいてある冷水をはった盥《たらい》へと入れていく。

待ちきれないと、子妖らは時々盥から白玉をとっては、つまみ食いした。

「おいしい！」

「つるっとしていて、蓬の香りがしまする！」

「もちもちとしていて、好みでございまする！」

「おいおい。つまみ食いもいいけど、ちゃんと白玉作りもしてくれよ」

「はーい」

そうして、大量の蓬白玉ができあがった。ざるの上に山となった緑の白玉を見て、子妖らは大満足の様子だった。

と、また狐面の女妖が現れて、四人分の小鉢と、砂糖やきなこや黒蜜《くろみつ》を出してくれた。

四人はそれぞれの小鉢に好きなだけ白玉をとり、自分好みの味付けをした。弥助はあんこを添え、その上から黒蜜をたっぷりかけた。津弓は黒蜜ときなこ。右京はあんこときなこ。左京は白砂糖のみ。

そうして食べる蓬白玉は、本当においしかった。口の中でもちもちとはねる弾力、つるんとした喉越しに、さわやかな蓬の香り。そこに、あんこや黒蜜の甘みが加われば、たまらない味わい深さとなる。

それに、自分達でこしらえたおやつを食べるというのは、また格別だ。

四人はそれぞれ三回もおかわりをした。が、それでもまだ半分以上も残ってしまった。

と、ここで津弓が声をあげた。

「これ、叔父上に差し上げたいな」

「それなら、右京も父上に食べていただきとうございまする」

「左京は、母上におみやげにしとうございまする」

「それなら俺も、千にいに持って帰ってやりたいな」

おみやげの分を笹の葉で包んだあと、残った白玉を涼しげな水晶の器に入れ、妖怪奉行所へ向かうことにした。

「出かけるから鳥車を出して」と言う津弓に、使用人達は少し難色を示した。

「あの、主様《あるじさま》には若君を外に出さぬよう、きつく命じられているのですが」

「それは、津弓がどこかに遊びに行かないようにってことでしょ。今回は遊びじゃないよ。叔父上のところに行くんだもの。叔父上だって喜んでくださると思うし。もしも怒ったら、津弓が全部お叱りを受けるから」

「津弓がこう言ってることだしさ。子預かり屋の俺もついているし、今回はちょっと大目に見てやってくれないかい？」

弥助も口添えした。そのせいもあってか、使用人達はしぶしぶながらに車を用意してくれた。

門の外に引きだされた車を見て、弥助はあっけにとられてしまった。螺鈿《らでん》を麗《うるわ》しくほどこした華麗な牛車。だが、それを引くのは牛ではなく、純白の鳥だ。燕《つばめ》に似た姿だが、恐ろしく大きい。

「これ……なんだ？」

「鳥車だよ。叔父上のところに行くなら、これが一番速いもの。さ、乗って乗って。右京と左京は？　自分の翼で飛んでいく？」

「いえ、車に乗せていただきまする」

「我らは、そのぉ、まだそれほど速く飛べないのでございまする」

恥ずかしそうに打ち明け、双子も車に乗りこんだ。

「叔父上のいる奉行所まで」

白い鳥に命じたあと、津弓は車についている御簾《みす》をおろした。思わず弥助は文句を言った。

「なんだよ。開けとけばいいのに。そうすれば、空を飛んでいる間、外の景色が見えるのに」

「だめだめ！　そんなことできないよ！」

「なんで？」

「だって、この鳥はとても速いんだもの。御簾をおろしておかないと、疾風で吹き飛ばされてしまうもの。そうなったら、弥助、死んじゃうよ？」

まじめな顔で言われ、弥助はちょっと寒気がした。

と、ぴぃぃっと、甲高い音が外から聞こえてきた。

「あ、着いたみたい」

「え、もう？」

「言ったでしょ。この鳥はとても速いって」

嬉しそうに笑いながら、津弓は御簾をあげた。

確かに、そこはもう月夜公の屋敷前ではなかった。大きな中庭で、敷き詰められた白い玉砂利がきらきらと、まばゆいほどに輝いている。その向こうにある建物も、外廊下から壁、柱に至るまで白い。

「ほ、ほんとにもう着いちまったのか」

「なんだか不思議な気持ちでございまするね」

「自分の翼を使わず、こうして移動するというのは、なにやら戸惑った気分になりまする」

ひそひそとささやきあう弥助と双子を尻目に、津弓はまっさきに車から飛び降り、大声で呼んだ。

「叔父上！　叔父上！」

ぱっと、すぐ目の前の障子《しょうじ》が開き、月夜公その人が現れた。その後ろには飛黒もおり、「右京？　左京？」と目を丸くする。

月夜公はすぐさま庭に飛び降りてきて、甥を抱き上げた。

「どうしたのじゃ、津弓？　なにゆえここへ？　まさか、屋敷で怖いことでもあったのかえ？　何かあったのかえ？」

気ぜわしげに言う叔父に、津弓は笑った。

「違うの。叔父上にね、草餅を届けたかったの」

「草餅、とな？」

「はい。草餅っていっても、蓬の入った白玉だけど、叔父上にぜひ食べていただきたくて。津弓達で作ったものだから」

「津弓！　そなたという子は！」

溺愛する甥からの差し入れに、月夜公が尾をぶんぶんと振り回して感激したのは言うまでもない。飛黒も、嬉しそうに息子達から白玉を受け取った。

そうして、月夜公と飛黒は並んで外廊下に腰掛け、思いがけぬおやつを堪能し始めた。

その間ずっと、弥助は笑いをこらえていた。月夜公が部下と並んで白玉を頬張る姿など、なかなか見られるものではないからだ。

「おいしい、叔父上？」

「うまい。これほど美味なものは食したことがないぞえ、津弓。そなたは何をやらせても見事にやりとげるのじゃな。良い子じゃ。ほんに良い子じゃ」

「えへへ」

褒めそやされ、津弓は満面に笑みを浮かべた。

飛黒も息子らを褒めた。

「うまかったぞ、右京、左京」

「本当でございまするか？」

「ああ、本当だ。ごちそうになった。少し難しいお役目を抱えていたところなのだが、うまいおやつを食べたおかげで、なにやら力がわいてきた。これならなんとか片づけられそうだ」

「嬉しゅうございまする！」

「父上のお役に立てたということでございまするね！」

はしゃぐ双子に、ふと月夜公が目を向けた。

「そういえば、飛黒よ、さきほどは聞きそびれてしまったが、なにゆえ子供らを奉行所に連れてきたのじゃ？」

「はっ。いずれはこの子らも、奉行所でのお勤めにつくことでございましょう。そのために、どのような役目があるか、少しずつ見せて学ばせようと思いまして」

「ほう。それは殊勝なことじゃ。よかろう。そういうことであれば、おぬしの双子がいかなる持ち場にも顔出しできるよう、とりはからってやろう」

月夜公の言葉に、津弓がすぐに声をあげた。

「あっ、ずるい。叔父上。それなら、津弓も！　津弓も、右京達と一緒に、奉行所を見て回りたいです」

「よしよし。なれば、津弓も共にな。飛黒、かまわぬかえ？」

「もちろんでございまする」

ところでと、月夜公は今度は鋭いまなざしを弥助に向けた。

「おぬし、なにやら見慣れた着物を着ておるが、よもや吾のものではあるまいな？」

「え、あ、いや……」

「あ、これはね、叔父上、弥助の着物が濡れてしまったから、津弓が出してあげたの。よく似合っているでしょう?」

「そうであったか。優しい子じゃな、津弓は。確かによう似合っておるわ」

甥の頭を撫で、笑みを浮かべつつも、月夜公の弥助を見る目は怖い。

「ならば、その着物は弥助にやろう」

「え、い、いらない!」

「そう言うでない。着物というものは、より似合う者が着るべきじゃ。大切にありがたく着るがよいぞ。おお、そうじゃ。おぬしを返す時、あの面憎き養い親に自慢してやろう。吾が着物を与えたと聞けば、やつめは不相応の着物を必死で買いあさり、おぬしに献上することであろうよ」

「……もう、勘弁して、ください」

さては、さっき笑いを噛み殺していたことに気づいていたなと、弥助は心の中で頭を抱えた。

奉行所を自由に見て回る許可を得た右京と左京。だが、双子だけでなく津弓も加わるとなれば、おとなしく見学だけですむはずはない。せいぜい騒ぎを起こして、月夜公を困らせてくれればいいと、弥助はやけくそ気味に願った。
そして、はからずも、その願いは叶えられることとなるのだ。

二

数日後、右京と左京はふたたび奉行所を見学することにした。飛黒はその日は朝早くから役目に駆り出されてしまったため、今回は二人だけで家を出た。

だが、二度目の奉行所訪問は、大変に騒がしいものとなった。門をくぐったところで、あとから駆けこんできた大きな雄鶏《おんどり》にはね飛ばされそうになったのだ。

「あ、すまぬ！　一大事ゆえ、許してくれ！」

慌ただしく詫《わ》びる雄鶏は、大人の烏天狗《からすてんぐ》がまたがれそうなほど大きかった。とさかは赤赤と輝き、色とりどりの羽が鮮やかで、ことに長くたなびく黒い尾羽の見事なことといったらない。

そんな雄々しい姿にもかかわらず、雄鶏はひどく怯えていた。全身の羽毛が逆立ってしまっている。

雄鶏は奥へと進み、申し立て受付役の若い烏天狗に駆けよった。

「頼む！　助けてくれ！」

「またおまえさんか、朱刻《あけとき》」

うんざりしたようにその烏天狗は言った。

「そうやって血相を変えて来たってことは、またあれかい？　いけないやつだ。さっさと謝って許してもらいなよ。そんなことでいちいち奉行所に来られたんじゃ、こっちは大迷惑だ」

「そ、そんなこととはなんだ！　そんなこととは！　こ、今度ばかりは、あやつ、完全に頭に血がのぼってしまっておるのだ！　急ぎわしを匿ってくれ。そして、あやつを捕縛して、冷静になるまで牢に閉じこめておいてくれ」

「おいおい。大袈裟《おおげさ》だな」

「本当のことだ！　ああなってしまっては、あやつ、ほ、本当に何をするかわからんぞ！　とにかく、わしは、ああ、厠《かわや》にでも潜ませてもらう」

「こ、こら！　勝手に入るな！」

「すまぬ！　こんな時ゆえ、許してくれ！」

止めようとする烏天狗をはね飛ばし、雄鶏は奉行所の奥へばたばたと駆けこんでいってしまった。

「まったく。しょうもないやつめ。まあ、奥には同心達が詰めているから、問題なくあいつを取り押さえてくれるだろうが……しかし、あいつが来たということは、あれも間もなく……うーん。同心を五人ほど呼んでおくか」

ぶつぶつ独り言を言っていた烏天狗は、ここで双子《ふたご》に気づいた。

「おお、これは飛黒様のご子息の……」

「右京と左京でございまする」

「そちらは、えっと、桐風《きりかぜ》殿でございまするね」

「さよう。桐風ですよ。ぼっちゃん達のことは上から聞いています。どうぞ、好きなように見てってください。あ、ただ、しばらく門近くにはいないほうがいいですよ」

「なぜでございまする？」

「今飛びこんできた雄鶏ですよ」

桐風は、雄鶏が走り去ったほうを指さしながら言った。

「あいつ、朱刻っていうんですが、ひどく移り気なやつでしてね。女房も子もいるってのに、きれいな雌鳥《めすどり》にふらふらと言いよっちまう。で、浮気がばれるたびに、この奉行所に逃げこんでくるんです。というのも、あいつの女房がこれまたたいそうおっかないやつでして。いやもう、毎度大騒ぎなんですよ。朱刻を追いかけてきた女房がここで暴れるものだから、取り押さえるのも一苦労なんです」

もうじきその女房が来るだろうから、門から離れたほうがいい。

桐風はそう言った。

思わず、右京と左京は首をかしげた。

「そこまでわかっているのに、朱刻殿はどうして浮気するのでございましょう？」

「左京も不思議でございまする」

「俺もですよ。正直、あんなおっかないおかみさんがいたら、浮気だなんて、とても思いつくことだってできませんがね。……案外、朱刻は大物なのかもしれませんよ」

桐風が苦笑いをした時だった。ふいに、三人の上に黒い影がかかった。と、どすんと、巨大な雌鶏《めんどり》が落ちてきたのだ。

大きいも大きい。朱刻の五倍はある。でっぷりと肥えた体を覆うのは黒光りする漆黒《しっこく》の羽毛で、その迫力といったらない。

目を真っ赤に燃えたたせながら、巨大な雌鶏は叫んだ。

「朱刻！　今、朱刻って言いなすったね！」

「ひえ！　あ、と、時津《ときつ》、さん……」

「やっぱりあのろくでなしはここにいるんだね！　毎度毎度、馬鹿の一つ覚えみたいに奉行所に逃げこんで！　許さない！　今度という今度は許さないよ！　朱刻ぃ！　このくず！　さっさと出といで！」

「時津さん！　ちょ、ちょっと落ち着いて！」

「出てこないなら、こっちから行くよ！　見つけたら、はは、どうしてやろうかねぇ！」

しゅうしゅうと、時津のくちばしからは炎がもれている。目は深紅に燃え、正気の態ではなかった。

だが、ここに同心の烏天狗達が駆けつけてきた。みんなたすきがけし、六尺棒を携えている。

「時津！　控えよ！」

「ここをどこと思っておるか！」

「ええい、またぞろぞろと邪魔しに来たね！　そう思うなら、とっととうちの宿六《やどろく》をお渡しよ！」

「そうしたいのは山々だが、ここは仮にも奉行所。夫婦喧嘩というくだらぬ理由であれ、庇護を求めてまいったものを引き渡すわけにはいかぬ。少々気を落ち着けて、巣に戻れ！　いずれは朱刻も戻るであろう」

「そんな時をかけてたまるもんかね！　おどき！　おどきったら！」

じりじりと、時津は距離を縮めていく。その姿に気圧《けお》されつつ、六尺棒をかまえる同心達。一触即発の気が満ちていく。

ごくりと、右京と左京がつばをのんだ時だ。能天気な声が響いてきた。

「あ、右京と左京だ！　ねえ、津弓も来たよぉ。そこで何してるのぉ？」

津弓だった。にこにこ顔で、こちらに走ってくる。

同心達にいっせいに動揺が走った。

「つ、津弓君！」

「来てはなりませぬ！　お戻りを！」

「え？　なんで？」

津弓が戸惑ったように足を止めた時だ。その巨体からは想像もつかぬ素早さで、時津は地を蹴り、同心達の頭の上を飛び越えた。そうして一気に距離を詰め、びっくりしている津弓の襟をくわえあげたのだ。

「時津！　き、貴様！」

「その方は月夜公様の甥御でいらっしゃるのだぞ！」

「命惜しくば、すぐ放せ！」

「やだね。この子はうちで預かるよ。あのろくでなしを連れて来て渡してくれるなら、この子を返してやろうじゃないか。それ以外はいっさいだめだからね」

粉塵《ふんじん》を巻き起こし、時津は重たい羽ばたきと共に去っていった。目をまん丸にしている津弓をくわえて……。

津弓を人質にされては、がむしゃらに追うわけにもいかない。烏天狗達はその場に留まり、顔を突きつけ合った。全員、恐怖と焦りで目がぎょろぎょろと動いていた。

「おい、どうするのじゃ!」

「まずい。これはまずいぞ」

「幸いにして、月夜公様は飛黒様と共にお見回り中で、お留守だが……」

「戻られて、これをお知りになったら……」

「朱刻、時津夫妻はむろんのこと、我らの首も危ういぞ」

「いっそ、朱刻を引き渡すか?」

「いや、それでは奉行所の立場が……」

「立場より、津弓君の安全じゃ! それはすなわち、我らの命を助けることなのだぞ!」

「しかし!」

大人達のこの慌てぶりに、双子は逆に冷静になった。右京は弟にささやきかけた。

「ねえ、左京。とりあえず、我らだけでも時津殿を追いかけるのはどうかしら?」

「左京も、そう思っていたところです。津弓君も、一人では不安でございましょう」

「……追いついたら、津弓君を放して、かわりに我らを人質にしてくれるよう、頼んでみますか？」

「話を聞いてくれるかしら？　だいぶ、頭に血がのぼっていたようだけれど」

「いくら時津殿でも、我らのような子供に手ひどい真似はしないでしょう」

「それもそうですね」

双子はうなずきあい、目を血走らせている大人達を残して、そっとその場から飛び立った。

時津を追うのはたやすかった。巨大な雌鶏は、あちこちに痕跡を残していたからだ。不自然に折れた木の枝は、羽ばたきに疲れて一休みするために、舞い降りたものだろう。それに黒い羽毛が点々と落ちている。

「追って来いと、言っているみたいですね」

「本当に。……津弓君、大丈夫かしら？」

あの子を泣かせたくないと、二人は小さな翼にいっそう力を込めた。

一方、津弓はというと、泣いてはいなかった。連れ去られたことは理解していたが、どういうわけか、この大きな雌鶏に恐怖は感じなかった。感じたのは、胸がつんとするような痛々しさだ。

だから、雌鶏が広い野原に降り立った時、津弓は思わず聞いたのだ。

「いったい、どうしたの？　何がそんなに悲しいの？」

「悲しい？」

びっくりしたように、時津は津弓を放した。

「悲しいって……悲しいだなんて、とんでもない！　あたしゃ怒っているだけですよ」

一瞬は虚《きょ》をつかれたものの、時津はふたたび目をつりあげた。

「ぼっちゃんには悪いけど、人質になってもらいますよ。なにがなんでも亭主を渡してもらわなきゃ」

「旦那さんが戻ってきたら？」

「そしたらもう、二度と日の目を拝めないような目にあわせてやりますともさ」

今度という今度は、容赦しない。

時津はしゃあっと、くちばしから炎をのぞかせた。

「あいつの目をつぶして、他の雌鳥が見られないようにしてやる。あのご立派なとさかをついばんで、短く刈りとってやる」

恨みのこもった言葉に、津弓は初めて怯えた。

「そんな怖いこと言ったらやだ」

身をすくめる津弓に、時津は少し和んだ目となった。

「別にぼっちゃんをひどい目にあわせるつもりはありませんって。あたしがとっちめたいのは、あくまでうちの宿六だけだもの」

「それでもやだよ。そんな姿、思うだけで怖いもの」

「優しいんですね。……ぼっちゃんは？」

「津弓だよ。そっちは？」

「……時津といいますよ」

「時津？　あ、もしかして、旦那さんは朱刻？　津弓、知ってる。毛羽毛現《けうけげん》の姫君を運ぶ鶏でしょう？」

「へえ、ぼっちゃんがうちの宿六をご存じとはねえ」

うんと、津弓は真面目くさってうなずいた。

「梅吉が教えてくれたの。年がら年中、奥方の目をかいくぐって、浮気している鶏がいるって。この前まで、白鷺《しらさぎ》ヶ淵《ふち》の水鳥と仲良くしてて、その前は錦森《にしきもり》のうぐいすの君をくどいていたって」

穏やかになりかけていた時津の目が、くわっと燃えあがった。

「へえ、そうなんですか。錦森のうぐいすをねぇ。水鳥のことは知っていたけど、まさか、ぴいぴいさえずるしか能のない緑の小娘にまで色目を使っていたとは。あの、ろくでなし！　ほんと、どうしようもない色気違い！」

口汚くののしりだす時津に、まずいことをしたのかもと、津弓はやっと気づいた。

双子の右京と左京が追いついてきたのは、ちょうどその時だった。

「津弓君！」

「ご無事でございまするか？」

「あ、右京！　左京！」

手を振る津弓を、時津はさっと翼で囲いこんだ。

「なんだい。ずいぶんかわいい追っ手だねぇ。あいにくだけど、このぼっちゃんを返すわけにはいかないよ。なんとしても、うちの亭主を返してもらわなきゃいけないからねぇ」

「時津殿。そのことなのでございまするが、津弓君と我らを交換していただけませぬか？」

「我らは、烏天狗の筆頭、飛黒が子でございまする。人質として不足はないと思いまする」

「このまま津弓君を返さぬと、時津殿の命が危ないと、大人達が言っておりました。我らなら、その心配はございませぬから」

いや、実のところ、それは違う。飛黒もまた親なのだ。子煩悩な親は、子供のためなら鬼にも夜叉《やしゃ》にもなることを、双子はまだ知らずにいた。

しかし、この案をしりぞけたのは、時津ではなく津弓であった。

「そんなのだめだよ。そんなことしたら、飛黒が心配するもの。それにね、津弓は人質じゃないよ。時津の話を聞いて、慰めてあげたいんだもの」

津弓以外の全員が、目をぱちくりさせた。

「慰め、る……?」

「そう。津弓、感じたの。時津はいやなことで胸がいっぱいになってて、苦しくて、つらいんだって。そうでしょ? 弥助が言ってたよ。そういう時は、吐きだしてしまえばいいって。誰かに聞いてもらうのが、一番楽になれるんだって。津弓、お話聞くよ。話してみない?」

無邪気そのものでありながら、津弓の顔は真剣だった。そのまなざし、言葉に、時津は毒気を抜かれたようにため息をついた。

「ああ、なんだか気が抜けちまったねぇ。それじゃ、ぼっちゃん。ちょいとこの哀れな年寄り雌鶏の愚痴《ぐち》を聞いておくんなさいな。そっちのぼっちゃん達も、もっと近くにお寄りなさいよ」

双子が津弓の横に座ると、時津は亭主への不満、悪口を吐きだし始めた。こんなことがあっただの、こんな理由で腹が立っただの。よほどたまっていたのだろう。あとからあとから出てくる。

津弓はもちろん、双子もあっけにとられて聞いていた。

左京が感心したようにつぶやいた。

「なるほど。これが夫婦喧嘩というものなのでございまするね」

「なにを珍しそうに。ぼっちゃん達のおとっつぁんとおっかさんだって、喧嘩の百や二百、するだろう?」

「いえ、うちでは喧嘩はありませぬ」

「父上は、母上を笑わせるためなら、なんでもしまする。母上は母上で、父上に甘くて、なんでも許してしまわれるのでございまする」

「……新婚じゃあるまいし、なんでそんなべたべた過ごせるかねぇ」

「でも、二人とも、とても幸せそうでございまする」

「はい。お互いの顔を見る時は、いつもにこにこしておられまする」

「……そうかい。いいねぇ。うちとは大違いだよ」

妬ましげに目を伏せる時津に、今度は右京がずばりと切りこんだ。

「そんなに憎んでおいでなら、いっそ離縁してはいかがでございまする？」

「り、離縁？」

うろたえたように時津は視線をさ迷わせた。

「いや、それがそう簡単にはいかないんだよ。あ、いや、未練があるわけじゃないよ。ただ、体裁ってもんがあってねぇ。うちの宿六は見た目だけは立派だから。あんな亭主を手放すなんて、おまえは馬鹿だと、口さがないおばば鳥達に言われちまうだろうし」

「そんなこと、関係ないではありませぬか」

「そうですとも。自分が幸せになるのが一番でございまする」

「で、でもさ、うちには子供もいるし。やっぱりふた親そろっていないと、かわいそうじゃないか」

「そんなことはございませぬ。仲の悪いご両親を見続けるほうが、お子様にとってつらいことだと思いまする」

まじめにずばずばと言う双子。だが、津弓が割って入った。

「だめだよ、そんなの」

「津弓君、なぜでございまする？」

「だってね、時津は朱刻のことが好きなんだもの。やきもちを焼くのは、好きだからでしょ？　好きだから、他の雌鳥のことを見てほしくないんでしょ？」

「ぼ、ぼっちゃん」

津弓は手をのばし、わななきだした時津のくちばしをそっと撫でた。

「こんなふうに時津を泣かすなんて。ほんとにだめだよね。いけないよ。時津、すごく朱刻のことが好きなのにね」

「あたしが……」

「奉行所に帰ったら、津弓が朱刻のこと、叱ってあげる。時津のことを苦しめちゃだめって」

「…………」

それからしばらくして、ようやく奉行所の同心達が追いついてきた。

彼らが見たのは、おいおいと泣き崩れている時津と、それを必死で慰めている三人の子妖の姿であった。


その夜、自宅に戻った飛黒は、さっそく右京と左京に尋ねた。

「さて、今日は父は奉行所を一日留守にしていたわけだが、おまえ達はどのようなことをしたのだ？」

「はい。夫婦喧嘩の仲裁をいたしました」

「そうか。それはなかなか大変であっただろう。そこから何か学んだか？」

「夫婦喧嘩は犬も食わぬ、というのを学びました」

着替えにかかっていた飛黒は、ずるっと足をすべらせた。

「ど、どこで、そんな言葉を覚えた？」

「奉行所で、同心の方々が口々に言っておられました。ね、左京？」

「はい、右京」

くすくすっと、双子は笑みを交わし合った。

実際、この夫婦喧嘩の結末はお粗末なものだった。女房が泣いていると聞くや、それまで縁の下で震えていた朱刻が、血相を変えて飛びだしてきたのだ。

「女房はどこだ！　時津、今まいるぞ！　わしが悪かった！」

そう絶叫し、時津の元へ飛んだ朱刻。その姿を見送りながら、奉行所に戻ってきた子妖らは桐風に尋ねたのだ。

「これからどうなるのでしょう？」

「どうもこうも」

生ぬるい目をしながら、桐風が答えてくれた。

「これから朱刻が派手に謝って、悔いてみせて……時津は、馬鹿だとか、もう知らないだとか、しばらくすねた様子を見せるでしょう。でも、結局のところ、いつものように仲直りするんですよ、あの二羽は」

「……夫婦喧嘩って、そういうものなのでございまするね」

「犬も食わないってやつですよ。あいつらは、実際のところはお互いにべた惚れですからねぇ。ああ、馬鹿らしい。でも、これでしばらくは仲良くやるでしょう。今回は、ぼっちゃん達のおかげで、時津もだいぶ楽になったようだし、いつもは強気の女房を泣かせたってことで、朱刻もかなり反省していたみたいだし」

お手柄でしたと、桐風は三人を褒めてくれた。

「たいしたものですよ。猛り狂う時津をなだめるなんて、月夜公様でも苦労されるってのに。今後は、ぼっちゃん達に夫婦喧嘩の仲裁をやってもらいましょうかねえ」

あの言葉は、今も右京と左京の心に残っている。初めて、奉行所のお役に立てたのだ。それがとても誇らしかった。

一方、飛黒はしきりに首をかしげていた。

夫婦喧嘩は犬も食わぬ。確かに真理ではあるが、いったい、何を見てそれを学んだというのだろう?

問い詰めてみたが、子供らは笑うばかりで答えなかった。

三

「本日は書庫に行こうと思うのです、父上」

その日、朝餉《あさげ》の席で、右京が言うと、飛黒は顔をほころばせた。

「それはいいな。奉行所の書庫は、妖界でも知られている。手がけた様々な事件、訴えなどを記した記録が保管されているのはもちろんだが、他にもあらゆる書物が集められている」

「そうなのですか？」

「記録だけではないのですか？」

「そうとも。月夜公様の命によって、絵巻や図録、読み物、武術指南書などといったものも集められるようになってな。我ら烏天狗《からすてんぐ》は暇《ひま》がある時には書庫に行き、勉学に励むようにしておる」

父の言葉に、左京は目を輝かせて尋ねた。

「父上、父上、そこには御伽草子《おとぎぞうし》などもありますか？」

「あるぞ、左京。美しい彩色がほどこされているものがたくさんな。だが、まずは書庫番、玄空《げんくう》に挨拶し、色々と教えてもらうのだぞ。本を楽しむのは、それからにせい」

「はい、わかりました！」

「右京も承知しました！」

双子《ふたご》は元気よく返事をした。

そして半刻後、同じくらいの元気のよさで、奉行所書庫番、玄空に挨拶をしたのだ。

「お初にお目にかかりまする！」

「我ら、飛黒が子、右京と左京でございまする」

「そちらは書庫番の玄空殿とお見受けいたします。どうぞよろしくお願いいたしまする！」

「お願いいたしまする！」

かわいらしくさえずる双子に、玄空は微笑《ほほえ》んだ。

この烏天狗は、双子が会った中でも一、二を争うような年寄りに見えた。体はか細く縮み、羽も艶のない銀色と化している。だが、目には深い知性と、若者のような好奇心がきらめいている。

「元気がよくて、なにより。じゃが、もう少し声を落としてくだされ。ここでは静けさが大切なのでのぅ」

「あ、これは失礼をいたしました」

「お許しくださいませ」

「よいよい。次に気をつけてくれれば、それでよいのです。ここに来たということは、書庫の案内をご所望かな？」

「はい、お忙しくなければ」

「よいですとも。では、まずは記録の保管庫に案内してしんぜましょう。そのあとは勉学の間かな。あ、そうじゃ。あとで記録の見定めの手伝いをしてくれると助かるのですが、いかがかな？」

「やりまする！」

「お手伝いいたしまする！」

「ありがたい。あとは、津弓君《ぎみ》がいらっしゃると聞いていたのだが、まだですかのぅ？」

ここで津弓がどたばたと走りこんできて、玄空に「お静かに！」と一喝された。

三人そろったということで、玄空はゆるやかに歩きだした。

書庫はとても大きく、広さは優に屋敷一つ分はありそうだった。その半分が、記録の保管庫として使われていた。天井まである棚がずらりと並んでおり、その棚の一つ一つに冊子がぎっしりと入っている。冊子の中身は、こと細かに記された事件の内容や、訴えの申し立てとその顚末《てんまつ》だという。

「赤い冊子は事件で、青い冊子はあやかし達からの申し立てです」

「青い冊子のほうが多いようでございまするね」

「事件ばかりが起きているわけではないですからの。ああ、そちらの黄色の冊子には、この奉行所が消し止めた火事の場所、日にちを記してあるのです」

「それじゃ、あの緑の冊子は？」

「あれはですな、津弓君、特殊な呪法や呪術のやり方、魔具《まぐ》などの使い方を記したものです。ご存じとは思いますが、我ら奉行所の烏天狗はそうした技をも身につけなければなりませぬ。強大な魔を封じたり、捕えたりするのに、必要ですからの。ただし、やたらと使ってよいものでもない。こうした緑の冊子は、貸し出しは禁じております。学びたいものは、ここの勉学の間にて、あれらの冊子を読むのです」

そう言って、玄空は今度は勉学の間へと、子妖らを案内した。

これまた保管庫と同じほどに広く、たくさんの棚にはぎっしりと様々な書物や巻物が詰まっている。だが、保管庫と違い、勉学の間の中央には長い机が並べられ、草を編んだ座布団が敷いてあった。

「ここで本を読んで、学ぶのでございまするね？」

「さよう。今は誰もいないが、烏天狗達はその気になれば、それはもう励むもの。最近は牢番の風丸《かぜまる》なども、非番の日によくやってきますよ。もともとのんびりしていて、あまり出世には興味のなさそうな若者であったのが、今は目を血走らせて、書物を読みふけっている。昇進したいと言っておりましたな。あのがんばりようは、恋人でもできたからに違いない」

玄空はくすりと笑った。目を丸くしながら、津弓が尋ねた。

「恋人ができると、変わるの？」

「それはそうでございますよ、津弓君。かわいい娘には、自分を立派に見せたくなる。それに、昇進すれば給料もあがって、娘にあれこれ買ってやって、喜ばせることができるというもの」

「恋人って、物をほしがるものなの？」

「いえいえ、男というものは、かわいい子には色々と買ってやりたくなるものなのですよ。おねだりされなくともね。この老いぼれも、若い時はそうでした。そのがんばりのおかげで、女房も得られた。ふふ、いや、いずれわかりましょう」

さて、と玄空はふたたび三人を保管庫へと連れていった。

「では、見定めをお願いしましょう。ぱらぱらと、こう、冊子の紙をめくっていってくだされ。糸が切れて紙がばらけるもの、字が薄れて読みにくくなっているものは、こちらの箱に。まともなものは、元通りの場所に戻してくだされ」

「どこからどこまでやりまするか？」

「そうですな。とりあえず、こちらの棚の隅から隅まで」

「ひえっ！　こ、これ、大仕事だね」

「だからこそ、お手を借りたいのですよ、津弓君。あ、冊子の中には紙食い虫、墨食い虫が潜んでいるものもありましょう。見つけたら、つぶしたりせず、箸《はし》でつまんでこの虫食いの壺へ。では、よろしゅう頼みましたぞ」

頼まれたからには張り切ってやらねばならない。

子妖らはさっそく作業にとりかかった。冊子はそれこそ山ほどあったが、三人でやれば、なかなかはかどる。もともときっちり保管、保全がされているのだろう。傷んでいる冊子はほとんどなかった。

だが、作業を始めてからしばらく経った時だった。津弓が小さな悲鳴をあげたのだ。

「きゃっ！」

「どうしました、津弓君？」

「何があったのでございまするか？」

「いた！　へ、変なのがいた！」

津弓が差し出したのは、分厚い冊子だった。その広げられた紙の上に、妙に青黒く、細長いみみずのような虫がいた。その虫は津弓達に見つかったことにも気づかず、ざりざりと、墨で書かれた字を一心になめている。虫になめられている字は、他のものよりも薄くなりつつあった。

「こ、これは……」

「墨食い虫、とやらではありませぬか？」

「そ、そうだよね。津弓もそう思う」

「箸！　箸はどこに置きました、右京？」

「あちらです、左京！　急いで！　あ、津弓君。見つけたのは津弓君ですから、箸でこの虫をつまむのも津弓君がやりまするか？」

「やだよ！　絶対やだ！　右京、やってよ。左京でもいいから」

大騒ぎの末、左京が虫をつまんで、虫食いの壺へと投げこんだ。

そのあと、今度は紙食い虫を見つけた。これは墨食い虫と形はよく似ていたが、色は黄ばんだ白で、もわもわと毛羽立っている。その毛羽立った体をぴたりと紙に貼りつかせ、紙を吸い取っているようだ。

墨食い虫と同じようにつまみとったところ、少し紙が破け、おおいに子妖達を慌てさせた。

「ど、どうしよう！　ちょっと破けちゃった！」

「あ、あとで玄空殿にお見せしましょう」

「……怒られたら、どうしよう」

「叱られる時は我らも一緒でございまするから。と、とりあえず、その冊子はこちらの箱へ」

次に見つけた紙食い虫は、箸でしばらくつついてからつまんだところ、きれいにとることができた。

こつをつかめば、慣れてしまえば、もう怖いものはない。

子妖らはせっせと、競い合うように作業を続けていった。

だが、あと少しで終わりそうになった時だ。またしても津弓が声をあげた。

「あれ？」

「どうしたのでございまする？」

「うん。この本、なんかぐらぐらしているの。とじている糸がゆるんでいるみたい」

「糸が切れているのでございましょうか？」

「ううん。そうじゃないみたい。……あっ！　これ、何枚か中の紙がないよ！」

そのとおりだった。その冊子の真ん中あたりの紙が、四枚か五枚ほど、千切りとられてしまっている。もしかして棚に残っているのではと、慌てて調べてみたが、そのようなものは見当たらない。

三人は黙りこくって、その冊子を見つめた。損なわれた書物を見るというのは嫌な気持ちがするものだ。しかも、これは緑の表紙、つまり呪術や呪法を記したものだから、当然、貴重なものであるはずだ。それをこんなふうに千切るとは。

やがて、津弓がのろのろと言った。

「しょうがないよね。津弓達のせいじゃないし……あとで、玄空に教えてあげればいいよね」

「そ、そうでございまするね」

「とりあえず、この棚の調べを全て終わらせてしまいましょう」

そうして作業を再開したのも束の間、今度は左京が同じように紙が引き千切られた冊子を見つけた。

こちらは赤い表紙を持つ冊子、つまり過去の事件を記録したもので、ごっそりと、二十枚以上もなくなっているようだった。

今にもばらばらになりそうなありさまの冊子に、子妖達は顔を見合わせた。

「……これ、同じやつがやったのかしら?」

「たぶん、そうでございましょう」

「ほら、千切り方が同じようでございまする」

「でも、いったい、誰の仕業でございましょう? こんな大事なものを損なうなんて、悪意を感じてしまいまする」

そのあと、三人は全ての棚を調べ終えたが、中身が取られていたのはその二冊だけであった。

玄空に報告する前にと、三人は少しだけその二冊を調べてみた。赤い冊子につけられた日付は四十五年ほど前のものであった。だが、難しい字で書かれているため、三人はほとんど読み解けなかった。それは、緑の冊子のほうも同じだった。

「しかし、どうしてこの二冊だけが狙われたのでございましょう? 他にもたくさんあるというのに」

「紙、ではないでしょうか?」

「紙?」

「ほら、この冊子の紙はとてもいい匂いがいたしまする」

「あ、こちらのほうも、また少し違うけれど、いい香りがいたしまする」

「使われている紙や墨が、少しずつ違うのでございましょうか？」

「さあ、左京にはわかりません」

ささやきあう双子に、津弓がはっとした顔をした。

「……もしかしたら、叔父上の鼠《ねずみ》達の仕業かもしれない」

「あの、三匹でございまするか？」

「そう」

月夜公の尾を支える三匹の白鼠。

もとは、月夜公が紙でこしらえ、術で動かしていた式神であったのだが、長年、主の妖力をあびているうちに魂と意志を持つようになり、ついには子さえ欲するようになった。月夜公はそれを叶え、小石から子鼠を作って、彼らに与えた。親となった三匹は、子鼠を「四朗《しろう》」と名付け、それはそれはかわいがっているという。

三匹鼠について、右京と左京が知っているのはそれくらいだ。なぜ、津弓が突然「三匹の仕業だ」と言いだしたのか、双子にはまるでわからなかった。

「どうしてそう思うのでございまする？」

「あの三匹がどうして冊子を破いたりするのでございまするか？」

「前に……前に、叔父上が言っていたの。あの鼠達は紙から生まれたせいか、他のなによりも紙を噛み千切って作った寝床を好むって。それも古い紙、墨の香りの染みついた紙が一番好きなんだって。叔父上は前に一度、綿布団をあげたそうだけど、鼠達は返してきたって言ってたもの」

そう言われると、右京達も鼠達が怪しいという気がしてきた。

あの小さな鼠達であれば、夜中にこっそり書庫に忍びこむのも簡単だろう。冊子の中ほどを千切ったのは、そのほうがばれにくいと思ったからに違いない。この千切られた痕というのも、だんだんと鼠の噛み痕に見えてくる。

「どういたしまする？　玄空殿に申し上げましょうか？」

「だ、だめ。これがもし本当なら……あの三匹は叔父上の家来なんだもの。家来の罪は、叔父上の恥になるもの。まずは本当かどうか、あの三匹のところに行って、確かめなきゃ。というより、津弓達で下手人《げしゅにん》探しをするっていうのはどう？　下手人を突き止めたそのあとで、叔父上と玄空にお伝えすれば、とても褒めていただけると思うし」

そう言って、津弓は自分の懐《ふところ》に件《くだん》の二冊をしまいこんでしまった。このまま持ち出すつもりなのだ。

そして、双子はそれを止めなかった。

自分達で不届きな下手人を突き止める。これはなにやら胸をときめかせるものがあった。一人前の鳥天狗同心になったような心地だ。

「やりましょう、津弓君」

「我ら、お手伝いいたしまする」

「うん。一緒にやろうね」

三人は何食わぬ顔をして玄空のところに行き、「全ての棚を調べた」と、報告した。玄空は喜び、ご褒美《ほうび》に麦飴をくれた。津弓の懐に書庫の冊子があることには、気づきもしなかった。

そうして三人はいったん書庫を出て、ひそひそと言葉を交わした。

「あの三匹の住まいは、月夜公のお屋敷でございまするか？」

「うん。屋根裏に住んでるの。三匹は叔父上のお付きとして、まだしばらく戻らないと思うから……今のうちに、屋根裏に行って、取られた紙がないか、調べてみよう」

もし見つかれば、それはなによりの証拠となる。

三人は速やかに月夜公の屋敷へと向かった。屋敷に入り、屋根裏への階段を上る時は、胸がどきどきした。

正直なところ、あの三匹鼠を下手人と疑うことには、心苦しさを覚えた。だが、その一方で、やはりわくわくしてくる。

怯えと興奮が入り混じった顔をしながら、三人はそっと屋根裏へと入りこんだ。

屋根と天井板の間にできた空間は、不思議議な気配に満ちていた。薄暗く、だがどこか温もりがあって、隠れ家のように居心地がよい。そして、紙でできた丸い西瓜《すいか》のようなものがいくつもあった。

「提灯《ちょうちん》、でございましょうか？」

「それにしては分厚く、丈夫にできておりまする。ほら、つついてもびくともいたしませぬ」

「では、壺、でございましょうか？」

首をかしげる双子に、津弓がささやいた。

「津弓、これが何か、わかった気がする。きっと巣だよ。鼠達の巣だよ」

「巣？」

「これがでございまするか？」

「うん。ほら見て。これ、全部紙を細かく千切って、貼り合わせてある。それに入口用の穴も開いているでしょ？」

なるほど、どの巣にも、上には丸い穴がある。いかにも鼠が出入りしそうな穴だ。

それに、巣に使われている紙はどれも古そうで、字が書きつけられているものも多い。鼠達はどこからか捨てられた紙をかき集めてきたのだろう。それをこうして細かく千切り、貼り合わせて巣にしていったに違いない。

三人は手分けして巣を見て回り、なくなった冊子の紙が使われてはいないか、調べていった。だが、それらしいものを見つけるのは難しかった。紙はどれも細かく裂かれていたし、字が書いてあっても、それが例の冊子のものかはわからない。

上に開いた穴からのぞきこんでみても、だめだった。中にはどんぐりや粟《あわ》などがためこまれていて、ほとんど何も見えなかったからだ。

これでは探すのは無理ではないか。

右京がそう言おうとした時だ。あっと、津弓が小さな声をあげた。

「えっ、見つけたのでございまするか？」

「あったのでございまするか？」

「ううん。違う。違うけど、いたよ！」

「いた？」

「違うけど？」

いいから見てみてと、津弓は自分がのぞきこんでいた巣を指差した。上に開いた穴から、右京と左京はかわるがわるに中をのぞいた。

はっとした。

中は鳥の巣のようにふんわりと紙が盛りあげられていて、そこに小さな小さな鼠が丸くなっていたのだ。

津弓の親指ほどの子鼠で、白いぽやぽやとしたうぶげしかはえておらず、その下には桃色の肌がまだ透けて見える。赤い産着に包まれ、すやすやと眠っている姿の愛らしさに、子妖らはため息をついた。

「これは四朗でございまするね」

「きっとそうでございまするね。……なんと、かわいらしい」

「ほんとに。津弓ね、ずっと四朗を見たいと思ってたの。でも、三匹は、まだ四朗は小さすぎるからって、見せてくれなかったの。石から生まれた子だから、成長がすごく遅いって。でも、それがまた愛しいって、三匹が言ってた」

「わかる気がいたしまする。ああ、本当にかわいい」

かわりばんこに巣をのぞきこむ三人は、すでに最初の目的を忘れかけていた。そこに、鋭い甲高い声が飛んできた。

「何者！」

「そこで何をしている！」

しゃっと、白い礫《つぶて》のようなものが三つ、巣の上に駆けあがってきた。いきなりだったので、子妖達はそろって尻もちをついてしまった。

三匹鼠が戻ってきたのだ。

茶色のお仕着せをまとった白鼠達の名は、一彦《いちひこ》、二吉《にきち》、三太《さんた》。いつも淡々と月夜公に尽くし、月夜公の尾を支える役目に励む彼らは、式神生まれのせいか、表情乏しく見られることが多い。

だが、今は違った。びりびりするような気迫を全身にまとい、目も激しく燃えている。子を守ろうとする親の目だ。小さな体が何倍にも大きくなったように見え、そのあまりの恐ろしさに、津弓などは危うく漏らしそうになったほどだ。

だが、侵入者達の正体を悟るなり、三匹はすぐに目付きを和らげた。

「これは……津弓君」

「失礼をいたしました。てっきり、四朗をさらおうとする不届き者かと、勘違いをいたしました」

「どうしたのでございまする？　このような薄暗く狭い場所にいらっしゃるなど、若君のなさることではありますまいに」

「もしや、我らの四朗を見にいらっしゃったのでございまするか？」

「あ、うん、その……四朗、すごくかわいいね」

「そうでございましょう？」

ぱっと、鼠達の顔が輝いた。彼らがこんなにも嬉しそうな顔をするところは見たことがなく、津弓は驚いてしまった。四朗という存在を得て、彼らはどんどん変わり始めているようだ。

「本当に良い子なのでございまする」

「我らが留守の時は、騒ぎも泣きもせず、おとなしく寝て待っていてくれるのでございまする」

「でも、我らが戻れば、甘えてきますする。それがもう、本当にかわゆくて」

饒舌《じょうぜつ》にしゃべる三匹鼠に、津弓は声が出なかった。

かわりに、右京が進み出た。

「留守中に勝手にあがってしまい、申し訳ございませんでした。我らは烏天狗の飛黒が子……」

「はい。右京様と左京様でございまするね」

「もちろん、存じておりまする」

「あ、は、はい。右京と左京でございまする。えっと……これらはみなさまで作られた巣なのでございまするか？」

「はい」

三匹は得意げにうなずいた。

「我らでこしらえました」

「主様がいらぬとおっしゃった紙を、少しずついただいて、作ったのでございまする」

「……月夜公様からいただいた紙だけを使ったのでございまするか？　他の紙は使わなかったのでございまするか？」

右京はさりげなく尋ねたつもりだった。だが、鼠達は敏感に何かを感じ取ったらしい。すっと真顔になった。

「四朗を見にいらっしゃったのではないのでございまするね？」

「何をお知りになりたいのでございまする？」

「本当のことをおっしゃってくださいませ」

こうなっては白状するよりしかたなかった。

しどろもどろになりながら、子妖らは全てを話した。

聞き終えた時、三匹鼠はうつろな目となっていた。ひどく抑揚《よくよう》のない声で、一彦が言った。

「それが……目的でございまするか？　我らが盗みを働いた。そう思い、証拠探しにまいられたのでございまするか？」

「一彦……」

「あんまりでございまする」

一彦の声に絶望がにじんだ。ぽろりと二吉と三太も涙をこぼす。

「津弓君。それに右京様、左京様。我らは確かに、紙から生まれたもの。半端なあやかしと言えましょう」

「されど、我らはあの月夜公様から生み出されたものなのでございますよ？　そのような情けなきこと、我らがするはずがありませぬ」

「四朗というかけがえのない子を得た今は、なおさらでございます。誰が、主にも子にも顔向けできぬような真似をいたしましょうか」

だが、そう思われてしまった。そのことが情けない。あまりにも情けない。

ほろほろと、静かに泣く鼠達。その涙の一粒一粒が、子妖達には刃《やいば》のように感じられた。そんなことを疑うなんてと、怒りを買うほうがはるかにましだった。

「ごめん！」

「申し訳ございませぬ！」

「お許しくださいませ！」

それだけ叫ぶのがやっとで、三人はほうほうの態で逃げ出した。

そのまま津弓の部屋に逃げこんだのだが、恥ずかしくて、恐ろしくて、三人とも真っ青になっていた。

「は、恥ずかしいことをいたしました」

「申し訳ないことをいたしました」

「どうしよう。ゆ、許してくれるかしら？」

昼時となり、気を利かせた下働きの女妖達がおにぎりを運んで来てくれたが、ろくに喉を通らなかった。

自分達の軽はずみな疑いは、鼠達の心をひどく傷つけたのだ。それがつらかった。

だが、どんよりと落ちこんでいても、部屋に閉じこもってめそめそしていても、どうにもならない。

ようやく子妖達は立ち直った。

こうなったら、なにがなんでも本当の下手人を捕えてやる。そのうえで、三匹鼠に改めて詫びるとしよう。

では、どうする？　これからどうしよう？

三人は頭をくっつけあうようにして話し合った。そして、一つの案を思いついたのだ。

その夜、右京と左京はこっそりと家を抜け出した。父の飛黒は夜番のために家におらず、抜け出すのはたやすかった。

そのまま奉行所へと飛び、暗闇にまぎれるようにして書庫の屋根へと舞い降りた。小さな双子の姿は、見張りのものにも見られることはなかった。

そのまま身を潜めていると、やがて津弓が姿を現した。

津弓は今夜は奉行所に泊まっていた。今宵は叔父上のそばにいたいと、月夜公にせがんだのだ。月夜公は多忙のため、奉行所に泊まりこむことも多く、その自室には寝具もそろっている。また、甥のこんなおねだりを拒む理由もない。

そうしてまんまと奉行所にとどまった津弓は、約束の時刻に月夜公の部屋を抜け出してきたというわけだ。

双子はすぐに舞い降り、津弓の両腕をつかんで、屋根へと引っ張り上げた。

津弓の手には、小さな壺があった。叔父の持ち物からこっそり持ち出してきた秘薬だ。

それを一滴、屋根にしたたらせれば、分厚い屋根瓦《がわら》がぐにゃりと柔らかくなった。

三人はうなずきを交わし、まるで池に飛びこむように、息を止めて、そこへ飛びこんだ。

わずかなさざ波を立て、屋根は三人を飲みこみ、するりと中へ通してくれた。

三人が落ちた先は、書庫の奥だった。近くの棚の上段がちょうどよく空だったので、そこに入りこんだ。しばらくじっとしていたが、幸いにして、誰かが異変に気づいて近づいてくる気配はなかった。

ほっと、津弓が息をついた。

「大丈夫みたいだね。誰にも気づかれてないみたいだし……中にも誰もいないみたい」

「ようございました」

「それにしても、その秘薬の効力はすごいものでございまするね」

「うん。屋根を通り抜けた時は、なんだかおもしろかったね」

冊子の紙を盗んだ輩が、またやってくるかもしれない。それはきっと夜、誰もいない時刻であるはず。だから自分達もこっそり書庫に忍びこみ、朝、書庫番の玄空が書庫の扉を開ける時まで、見張りをする。もし、下手人がやってきたら、そこを取り押さえよう。

これが、三人の考えた策だった。

「見張りに待ち伏せ。まるで本当の捕り物のようでございまする」

ひそひそと言葉を交わし、持ってきた焼き餅をかじりながら、ひたすら待った。

「わくわくするね」

だが、何も起こらない。

次第に、三人は飽きてきた。今夜は下手人は来ないかもしれない。そんな疑念がちらつきだした。興奮が冷めると、眠気もとりついてくる。身をくっつけあっているので、互いの温もりが余計に眠気を誘う。

とろとろと、誰からともなくまどろみだしてしまった時だ。ふわっと、空気がゆらいだのに、左京が気づいた。

風が入ってきた。風と共に、何者かの気配も。

来た！

眠気がふっとび、左京はすぐさま他の二人をつついた。

「ん？　なにぃ？」

「しっ！　誰か入ってきたようでございまする！」

たちまち、津弓と右京の目もぱちりと開いた。

三人は息を殺しながら、書庫にやってきた者の気配を窺った。

いる。あちらの書棚のところに立っている。

ぺらぺらと紙をめくる音がした。書棚から書物を引き抜いては戻し、また新たな一冊を引き抜く音もだ。どうやら、何かを調べているらしい。取り押さえるのなら、今しかないかもしれない。

そろりと、三人は動き出した。

進むと、ほの白い影が前方に見えてきた。

あれだ。

うなずきを交わし合い、三人はいっせいに飛びかかった。虚《きょ》をつかれ、相手がよろめいたところに、各々必死でしがみつく。

「ご、御用だ！」

「御用でございまする！」

「か、観念するのでございまする！」

叫ぶ子妖らに、とりつかれた相手がはっと息をのんだ。

「その声……津弓か！」

「え？　お、叔父上？」

子妖達が慌てて手を放すよりも早く、ぱっとその場が明るくなった。

津弓はもちろん、右京と左京も絶句した。三人がしがみついていた相手は、まぎれもなく月夜公であったのだ。凄みのある美貌が、珍しくもあっけにとられた表情を浮かべている。

だが、月夜公はすぐに我に返った。

「こんなところで何をしておるのじゃ、津弓！　吾の部屋で寝ているのではなかったのかえ？」

「あ、あの……」

「それに、そこの双子。飛黒の息子達ではないか。おぬしらがここにいるのは、飛黒も知ってのことかえ？」

「………」

言い訳も何も考えつかず、三人は下を向いてしまった。

と、月夜公が笑みを浮かべ、猫撫で声で言ってきた。

「そう恐れずともよい。おぬしらは良い子らじゃ。このようなことをしでかしたのは、何か訳があってのことであろう？　申してみよ。怒らぬから」

いや、絶対に怒るだろう。

三人ともそう思ったが、これ以上隠し通すのも無理な話だ。結局全てを話すしかなかった。

案の定、月夜公は切れ長の目をつりあげた。

「子供らだけで下手人を捕えようなど、とんでもないことじゃ！　そのような危ない真似をするなど、何を考えておるのじゃ！」

「ご、ごめんなさい、叔父上！」

「お許しを」

役に立ちたかったのだと、子妖達はぼろぼろ泣きながら謝った。

「冊子泥棒を捕まえれば、お、叔父上に喜んでいただけると思ったのです」

「そのことじゃが……その冊子とやらを、吾に見せてみよ」

「は、はい」

差し出された二冊の冊子を見ると、月夜公は苦笑した。

「やはりな。この二冊については、ちゃんと報告が出されておる。牢番の凪丸が、誤って水をこぼしてしまい、とっさに濡れた紙だけを引き千切ってしまったそうじゃ。はずした紙は字がにじんでしまったゆえ、凪丸が責任をとって、新たな紙に書き写しておる最中だという」

「そ、それは……」

「つまり、泥棒などどこにもおらぬということじゃ。きちんと玄空に報告しておれば、最初からこんな無駄足を踏まずにすんだというに。じゃが、骨折り損とはいえ、勝手な真似をしでかした罰は受けてもらうからの」

「……はい」

世にも情けない顔をして、津弓はうなずいた。右京と左京も、同じほど情けない気持ちだった。三匹鼠達を疑ってしまったことが、ますます罪深く心にのしかかってくる。

だが、うなだれる子妖らに月夜公は容赦しなかった。

「津弓、そなたはしばらく屋敷にて謹慎《きんしん》じゃ。自分がいかに向こう見ずであったか、よく反省せい。双子。津弓の謹慎が解けるまでは、おぬしらは津弓の元を訪ねるでない。それと、今夜のことは飛黒にもしかと伝えておくから、覚悟せよ」

「は、はい」

「では、みな、書庫から出るのじゃ。家に戻り、きちんと眠るのじゃ。これ以上の夜ふかしは許さぬ」

だが、書庫を出る前に、津弓は叔父に尋ねた。

「お、叔父上は、どうして書庫にいらしたのですか？　こんな真夜中に？」

「む……菓子作りの書を探しておったのじゃ」

「菓子作り？　叔父上が作るおつもりですか？」

「うむ。先ごろ、津弓がこしらえてくれた蓬《よもぎ》の白玉は大変にうまかった。その礼に、吾も何かこしらえて、そなたに食べさせてやりたくてな」

この言葉に、右京と左京ははっと顔をあげた。あることが二人の頭にひらめいたのだ。

「つ、月夜公様、お願いがございまする！」

「津弓君の謹慎を、一日だけ、いえ、半日だけ待っていただけませぬか？」

「お願いいたしまする！　なにとぞ！」

「なにゆえ、そのようなことを望む？」

「我らは、ひ、ひどいことをしでかしてしまったのでございまする」

「そう簡単に許してはもらえぬと思いまするが、それでも、お詫びをしたいのでございまする」

津弓も、双子の考えに気づいたようだ。お願いですと、叔父にすがった。

三人の必死な様子に、月夜公は眉をひそめていたが、やがて「一日、のばそう」と、うなずいてくれた。


翌日の昼時、三匹の鼠達の元に、たくさんの蓬白玉が届けられた。

送り主のわからぬ贈り物を、鼠達は快く受け取った。それらの白玉は形や大きさが歪《いびつ》なものが多く、幼い子妖がこしらえたと、一目でわかるものだったからだ。

四

その日、いつものように朝早くに目覚めた飛黒は、布団《ふとん》に入ったまま、しばし考えにふけった。

今日は久しぶりに非番の日だ。いったい、何をするべきか?

答えはすぐに出た。今日一日、子供らに付き合って、思う存分遊んでやるのだ。子供らも、先日の書庫での一件を反省し、ずっと家でおとなしくしてきたから、きっと喜ぶだろう。

そうだ。千珠《せんじゅ》河原に連れていってやろう。あそこできらきら、つやつやとした玉石を見つけて集めるのは、双子《ふたご》のお気に入りの遊びだ。なんといっても、烏天狗《からすてんぐ》。光るものには目がない。

幼い頃は自分も夢中で集めたなと、懐《なつ》かしく思い返しながら、布団から起き上がった時だ。

枕元に置いていた六尺棒につけた銀の鈴が、シャンシャンと、けたたましく鳴りだした。その音に混じって、声が聞こえてきた。

「非番のものに告げる。至急、黒牙山《くろきば》の釣鐘《つりがね》ヶ淵《ふち》に向かえ。繰り返す。黒牙山の釣鐘ヶ淵に向かえ」

飛黒が鈴をつかむと、音と声は止んだが、この時には隣の布団で並んで寝ていた双子が目を覚ましていた。

「父上……おはようございまする」

「おはようございまする。……なんの音ですか？」

「起こしてしまって、すまんな。奉行所からの緊急の呼び出しだ」

「でも……今日は非番ではないのですか？」

「手がたりぬ時は、非番のものも駆りだされる。お勤めに出るようになったら、こういうことにも慣れねばならぬ。……すまんな。今日は一日、おまえ達に付き合うつもりであったのだが」

「いえ……それより、右京達もついていってもいいですか？」

「よかろう。ただし、危ないお役目であったら、おまえ達はすぐに帰るのだぞ。よいな？」

「はい」

「約束しまする」

親子は手早く身支度をすませ、黒牙山の釣鐘ヶ淵へと飛んだ。

そこは深い山奥にある大きな淵で、水は青黒く、静かな闇をたたえている。淵の前には、すでに数人の烏天狗が集まっており、一羽の白兎《しろうさぎ》を取り囲むようにして、なにやら話をしていた。

「わあ、大きな兎がいまする！」

「本当に大きい！」

近づきながら、双子は思わず声をあげてしまった。

実際、白兎は本当に大きかった。ふかふかとした毛皮もあいまって、畳一枚、占領してしまいそうなほどだ。またその毛並みは新雪よりも白く見えた。

飛びながら飛黒は目を細めた。

「ははあ。あれは玉雪《たまゆき》殿だな」

「玉雪殿？」

「父上はお知り合いなのですか、あの兎と？」

「うむ。あれは玉雪殿といって、弥助のところによく出入りしている女妖だ」

「弥助殿のところに？」

そうだと、飛黒はうなずいた。

「なんでも、昔、弥助に命を救われた恩があるそうで、弥助をとてもかわいがっているということ。子預かり屋の仕事も、あれこれ手伝っているそうだ。ただ、まだ力弱いあやかしゆえ、昼間はああして兎の姿でしかいられぬらしい」

「そうなのですか」

「ああ。しかし、なぜ玉雪殿があそこにいるのか。さっぱり見当がつかんな」

首をかしげながらも、飛黒は双子と共に淵の前に降り立った。

「あ、飛黒様！　非番の日にご苦労さまです」

「別にそれはかまわんが、いったい、何事だ？」

「こちらの玉雪殿が、ぜひとも奉行所のもの達の手を借りたいと、申し立てに来られたのですよ」

「玉雪殿が？」

「あい」

気恥ずかしそうに、大きな兎は目をぱちぱちとさせた。

「あたくしは、あのぅ、ただの使いのものなんでございます。みなさまのお手を借りたがっているのは、あのぅ、こちらの淵の主《ぬし》なんでございます」

「主が？」

「あい。釣鐘ヶ淵の主は百年に一度、古い殻を脱ぐのでございますが、あのぅ、今回はちょいと厄介なことになってしまって」

泥や砂が、殻に分厚く降り積もり、そのまま固まって、岩のように主を覆ってしまっているのだと、玉雪は話した。

「これでは自力で殻を脱ぐことはできないので、烏天狗の方々を呼んで、なんとか殻にひびを入れてもらいたい。陸にあがるのも億劫になっているので、あのぅ、同じ山のものであるあたくしに、奉行所まで使いに行ってほしいと、そう頼まれまして」

話を聞き終え、飛黒は腕を組んだ。

「これは……大仕事になるな」

「はい」

集まった烏天狗達もいっせいにうなずいた。

「もっと人手を集めたほうがよいかと」

「そうだな。近隣のあやかし達に声をかけてこい。それに、ここの主は確か……その殻にひびを入れるとなれば……雷水晶《かみなりずいしょう》のみがいるな」

「我らもそう思い、風丸に取りに行かせたところです」

「牢番の風丸か？」

「はい。今日は非番だったため、あやつにも呼び出しの鈴が鳴ったようです」

「そうか。ともかく、のみを取りに行かせたのは上出来だ。では、風丸が戻るまでに、主がどんな様子か、見ておくとしよう。玉雪殿、主を呼んでくれ」

「あい」

「右京、左京、少し離れておれ」

「はい、父上」

玉雪が淵に向かって、歌うような声を発した。それは、しんしんと、深い水の中へ吸いこまれていくかに思えた。

と、鏡のように静かだった水面に、ふいに波紋が浮かびあがってきた。それは、どんどん大きく広がり、さらにはぶくぶくと泡立ち始める。何かが水底から浮き上がってきているのだ。

やがて水面が大きく盛りあがり、幾万という水しぶきとなって弾けた。そこから、ぬうっと、姿を現したのは、岩と藻《も》に覆われた巨大なものだった。

「な、なんですか、あれは？」

「山？　岩？」

驚き叫ぶ双子に、飛黒は言った。

「どちらでもない。あれが釣鐘ヶ淵の主だ。大蟹《がに》だ」

「蟹?」

言われてみれば、確かに蟹に見えなくもない。だが、小山ほどもあるうえ、全体が岩で包みこまれているようなありさまで、とてもではないが、すぐにはわからない。

いかにも重たげに、大蟹は浅瀬へと動いてきた。だいぶ苦しそうだ。

濡れるのもかまわずに主に駆けよった玉雪は、しばらく耳を傾けたあと、飛黒達を振り返った。

「みなさま。大変申し訳ないのですが、あのぅ、急いでいただきたいそうです。もう、古い殻の下で、大きくなった体が弾けそうだと、あのぅ、主が言っております」

「このありさまでは無理もあるまい。風丸はまだ戻らんか?」

「まだです。しかし、あやかし達が手助けに集まってきてくれました」

その烏天狗の言うとおり、いつの間にか、化け獺《かわうそ》や水蛇一族、河童《かっぱ》などが続々と集まってきていた。みんな、現れた主を見て、目を丸くしている。

これだけ手があればなんとかなると、飛黒は大声で呼びかけた。

「みな、よう集まってきてくれた。あとでのみが届くはずだが、それまでにできるだけ、主の体にはりついた藻や水草をとってもらいたい。岩や固まった砂も、素手で剝がせる場所は、遠慮なく剝がしてしまってくれ」

「おおおっ！」

「水蛇達は、水の中にいて、そこから主に水をかけてやってくれ。この状態で水気がなくなると、命に関わるからな」

「承知しやした」

飛黒の采配《さいはい》で、それぞれの配置が決まると、皆はいっせいに釣鐘ヶ淵の主にとりついた。ぬるぬるとした水草を引き抜き、固まった泥をかきだしていく。爪の鋭いものは、割れ目に爪先を入れ、引きはがしにかかる。水蛇達は水中から水を吐き、さながら火事場で活躍する龍吐水《りゅうどすい》のごとく、主に水を浴びせかけた。

右京と左京も、もちろんがんばった。目につく水草はかたっぱしから引っ張り、崩せそうな場所を手で掘り返す。いつしか体はびしょぬれ、手のひらは緑がかった泥まみれとなっていた。

だが、主を覆う汚れはあまりにも分厚く、手ごわかった。主本来の殻になかなか到達しない。

「こいつぁ、厄介じゃなぁ」

「主のやつ、どうしてこんなにためこんだもんか」

「おおかた、水底の泥の中で、五十年あまり昼寝をしていたのだろうさ」

「そりゃ長い昼寝じゃなぁ。さだめし、いい夢を見てたんじゃろうなぁ」

「違いねぇ」

そんな軽口を叩きつつ、妖怪達のまなざしは真剣だ。

主が死んでしまった場所は衰《おとろ》える。

泉の主が死ねば水は涸れ、川の主が死ねば水は濁《にご》り穢《けが》れる。

山であれば木が死に絶え、海であれば澱《よど》みがたまる。

あやかし達はそれを知っている。だからこそ、こうして助力を惜しまない。飽きた、疲れたと、帰ってしまうものも、一人もいなかった。

根気よく作業を続けていると、誰かが「風丸が戻ってきた！」と叫んだ。

見れば、小太りの若い烏天狗が大きな木箱を抱えて、こちらに舞い降りてくるところだった。

「よく戻った、風丸！」

「あ、飛黒様。お、遅くなって、申し訳ございません」

「よい。それより、のみは持ってきてくれたか？」

「はい。武具蔵のあせびに事情を話したところ、ありったけののみを寄こしてくれました」

そう言って、颪丸は木箱の蓋を開けた。

中には、長いのみがずらりと並んで入っていた。恐らく三十本はあるだろう。その刃《やいば》は黒水晶のように澄んでいて、のぞきこむと、ちらりちらりと、金色の稲妻《いなずま》が中で光っているのが見えた。

「きれいなのみですね、父上」

「雷水晶で作ってある。扱いにはくれぐれも気をつけるのだぞ。恐ろしく鋭いのだ。罪人を閉じこめる氷牢の氷すら砕けるものだ。おまえ達の指先など、ちょっと触れただけで落ちてしまう」

「き、気をつけます」

「うむ。では、みな、のみで岩を砕いていってくれ。だが、主の殻は傷つけぬようにな」

「あいよ!」

「まかせといてくださいよ!」

我も我もと、あやかし達はのみを取った。

右京と左京も一本もらい、かわるがわる使ってみた。なるほど、すばらしい切れ味だった。びくともしなかった岩の塊が、のみを押し当てるだけで、ひびが入っていく。ぐりぐりと、突き刺したのみを左右に動かせば、ばらりと、ひび割れたところが剝がれ落ちる。

ようやく主の殻が見えてきた。

主の殻は、玉鋼《たまはがね》のような光沢のある青にび色をしていた。深い淵と同じ色で、そこに星のような白い斑紋《はんもん》が散っている。

「きれいな殻ですね、左京」

「早くきれいになった姿を見たいですね、右京」

殻が見えたことに喜び、双子はどんどんのみを振るっていった。かさぶたを剝がすように岩を剝がし、主の姿をあらわにしていくのは、なんだか爽快《そうかい》だった。

それは、他の烏天狗やあやかし達も同じであったらしい。休みもとらずに、えっさほいさと、のみを振るう。

そうして、はさみが現れ、背中の甲羅《こうら》が現れ、脚が見えてきた。ちょんと飛び出た目玉もだ。

腹のあたりもきれいになったところで、ごごごっと、それまで身動き一つしなかった主が身を起こした。

玉雪がすぐに駆けより、その言葉を聞き取って、皆に伝えた。

「みなさま！　もう十分だとのことでございます！　これより殻を脱ぐので、少し離れていただきたいと、あのぅ、主がおっしゃっています！」

「しかし、まだ背中の上のほうがだいぶ残っておるぞ」

「大丈夫かねぇ。あたしゃ心配だよ」

「だが、これ以上、待てないってことだろうよ」

「中では体がでっかくなりすぎて、自分で自分に押しつぶされちまいそうな感じなんだろうなぁ」

「がんばって持ちこたえてくれればいいのだが」

心配そうにささやきあいながら、あやかし達は主から離れた。右京と左京も、近くの杉の木の枝に舞い上がり、じっと見守った。

主はいったん身を起こしたあと、ふんばるように、しっかと浅瀬の中に体勢を立て直した。ぺきっ、ぱきっと、殻の節目にひびが入っていく音が響く。

やがて、腹のあたりについた三角の部分が、ぱかりと開いた。そこから割れ目が横へと広がっていき、次第に主の新たな体が抜け出てきた。じりじりと、まるで赤子が生み出されるかのように、押し出されていく。

苦しいのか、時折、主は死んだように動かなくなり、しばらく経ってからまた動きだすというのを繰り返した。もしここで力尽きれば、主は自らの殻に閉じこめられたまま、死ぬことになる。音のない戦い、命がけの脱皮なのだと、ひしひしと伝わってくる。

双子は思わずこぶしを握り、がんばれと声をかけた。

そして……。

ようやく体の半分が抜け出た。と思ったら、するんと、あとの半分が出てきた。

「おおおおっ！」

古い殻を脱いだ大蟹は、羽化したての蟬《せみ》のように白く淡く輝いていた。神々しいほどの美しさに、誰もが息をのむ。

見守っていたあやかし達に、大きなはさみを振り上げたあと、大蟹は驚くほどの素早さで淵の深みへと滑りこんでいった。青黒い水に飲みこまれ、白い体はたちまち見えなくなった。

「やれやれ、無事に終わったな」

「なんだねぇ、慌ただしい。もうちょっとここに残って、礼の一つや二つ、言ってくれたっていいのに」

「いやいや、一刻も早く水の中に入りたかったんだよ。脱皮のあとってぇのは、体がひりひりしてしょうがねえもの。俺ら水蛇はよくわかるよ」

「そういえば、水蛇の脱皮は楽そうでええのぅ」

「蟹とは違って、するりといきそうじゃな」

「な、何をぉ！　蛇には蛇の苦労ってもんがあるんだぜ！　馬鹿にしちゃいけねぇ」

「誰も馬鹿になんかしてないよ。あ、ほら。烏天狗のお頭が何か言おうとしてるよ。聞こうじゃないか」

誰かが言ったとおり、飛黒が声を張り上げた。

「みな、本当によくやってくれた。手を貸してくれたもの達には、後日、奉行所から餅などをくばらせてもらう。だが、今日はこれにて解散といたそう」

「おやま、餅だって。嬉しいこと」

「そりゃ楽しみにお待ちしてますぜ、飛黒の旦那」

わいわいがやがやと、あやかし達は水の中へ、あるいは周囲の木立へと姿を消していった。

とにもかくにも終わったのだ。

使ったのみを木箱に戻す双子に、飛黒は声をかけた。

「疲れたか、二人とも？」

「いえ、楽しかったです、父上」

「でも、お腹が空きました」

「そうだな。……わしはこれから奉行所に行き、ことの顚末《てんまつ》を報告せねばならぬ。おまえ達も一緒に来るといい。まかない場で何か食べさせてもらうとしよう。体も濡れたことだし、温かい蕎麦《そば》などがよいな」

「蕎麦！」

「蕎麦、大好きです！」

すっかり蕎麦に心が傾き、双子ははしゃいだ声をあげた。それを聞き、俺も蕎麦にしよう、と決めた烏天狗が多数いたことは言うまでもない。

そうして烏天狗達は奉行所に向かった。濡れた体のまま飛ぶのは、なかなか堪えたが、蕎麦にありつけると思えば、力もわく。

だが、がたがた震えながら到着してみれば、奉行所では大騒ぎが持ちあがっていた。

「な、なんの騒ぎだ、これは？」

飛黒が目を白黒させるのも当たり前だ。同心から下男にいたるまで、奉行所に勤めているもの達全て、大声をあげながら走り回っている。中には巻物を持って逃げたり、道具を抱えていたりするものもおり、まるで火事でも起きているかのようだ。

すぐそばを走りぬけようとした下男を、飛黒はとっつかまえた。

「おい、何事だ！　何があったのだ！」

「あ、飛黒様！　そ、それが、奉行所内で腐敗虫《ふはいむし》が孵化《ふか》してしまったんでございますよお！」

「なんだと！」

ぶわっと、飛黒の首筋の羽毛が膨らんだ。

腐敗虫。地獄生まれの魔蟲《まむし》の一種で、見た目は赤黒いなめくじに似ている。だが、卵から孵化すると、またたく間に子供の腕ほどもある成虫へと育ち、なめくじとは似ても似つかぬ素早さで動きまわる。また、その粘液がひどく臭いのだ。一度発生すると、家屋のあちこちに滑りこみ、あらゆるものを穢し、腐敗させていくため、最悪の害虫として忌み嫌われている。

「腐敗虫の卵など、ど、どこからまぎれこんだというのだ！」

「わかりません。気づいたら、もううじゃうじゃ出てきて！　あちこちに散ったものだから、みんなで手分けして退治しているというわけで。あっしはこれで失礼を！　包丁とまな板だけでも安全なところに運ばにゃ！　虫の臭《にお》いがついたら、使い物にならなくなっちまう！」

下男は慌ただしく駆け去っていった。

「腐敗虫とはまたとんでもないものが……とにかく、我らも退治に加わるぞ！」

「わ、わかりました！」

これはもう蕎麦どころではない。全員血相を変えて、虫探しに加わった。

屋根裏、縁の下、梁の上、書棚の裏。

臭いと粘液を追っていき、見つけた虫は棘《とげ》のついた網を投げかけて捕える。暴れる虫が飛ばす汁のせいで、胸が悪くなるような悪臭が充満していく。

右京と左京は頭がくらくらとしてきたが、それでも三匹ほど捕えて、大壺へと放りこんだ。あとでこの壺ごと焼くのだ。

すったもんだの虫騒動であったが、夕暮れ時にようやくかたがついた。

鼻の利く犬妖怪が呼ばれ、奉行所内を嗅いでまわり、「もはや一匹も腐敗虫はおりませぬ」と太鼓判《たいこばん》をおしてきた時は、一同、どっと力が抜けた。

まったく、とんでもない騒ぎがあったものだ。

だが、その代わりというべきか、みなに振る舞われた熱々の天ぷら蕎麦は、胃の腑にしみわたるほどおいしかった。

そのあと、すっかり暗くなった空を、飛黒親子は家へと飛んで帰った。

途中、飛黒は申し訳なさそうに謝った。

「とんだ非番になってしまったものだ。おまえ達には悪いことをしたな」

「とんでもないです、父上」

「腐敗虫退治も、捕り物のようで楽しかったです」

「最後にいただいた蕎麦も、おいしかったし」

「まるでご褒美《ほうび》のようでした」

「……おまえ達は本当に良い子だ。よし。次の非番の日は、おまえ達とたっぷり遊ぶとしよう。母上がいたら、弁当を持って野に行ってもよいな」

「それは楽しみです！」

だが、さらに双子にはご褒美があった。

それから二日後の夜、一人の女妖が飛黒宅を訪ねてきたのだ。飛黒は留守だったので、双子が応対をした。

ふっくらと柔らかい表情を浮かべた女妖は、顔も体もころりとしていて、とにかく親しみやすい雰囲気をまとっていた。黒地に白と紫の藤模様という小粋な着物に、銀ねず色の帯が渋い。頭の後ろには、黒い兎の面をつけている。

初めて見るはずの女妖であったが、どこかで会ったような気もする。

内心首をかしげながらも、双子はお行儀よく「父と母は留守なのですが、何か御用でございまするか？」と尋ねた。

にこりと、女妖が笑った。

「あい。先日は、あのぅ、釣鐘ヶ淵で大変お世話になりました。おかげさまで、無事に殻を脱ぎ捨てられたと、釣鐘ヶ淵の主が大変喜んでおりました」

「そ、その声！」

「まさか！」

「あい。玉雪でございますよ。もう夜なので、ちゃんと人型に、あのぅ、なれたというわけで」

あの大兎がこのような姿になるとは。

ちょっと驚いている双子に、玉雪は持ってきた竹籠を差し出した。中には熊笹の葉が敷かれ、見事な鮎《あゆ》が入っていた。

「こちらは主からのお礼でございます。手を貸してくださったみなさまに、あのぅ、届けてほしいと頼まれたもので」

「わあ、鮎！」

「おいしそうでございまする！」

「喜んでいただければ、主も喜びましょう。あ、そうそう。烏天狗のぼっちゃん達は、もしかしたら、あのぅ、こんなのはお好きではありませんか？」

そう言って、玉雪は今度はお面が入るほどの袋を取りだし、中身を出して見せた。

「きれい！」

「きれいでございまする！」

双子が歓声をあげるのも無理はなかった。袋からは、丸くきれいな珠がたくさん出てきたのだ。

金茶、赤、青、黒、白、緑。

どれも、双子の目ほども大きく、水に濡れたように光っており、ころころと床の上を転がっていく。

「泡珠《ほうじゅ》でございます。釣鐘ヶ淵の主が見た夢が、あのぅ、泡となって吐きだされ、水の中で珠に変化したものでございますよ」

今日、玉雪が淵に行ってみたところ、主が水底の泥を淵の外へとかきだしていた。もう二度と今回のような目にはあいたくないから、体につかぬよう、泥を出しているというのだ。その泥の中に、こうした珠がごろごろとあり、玉雪はそれを拾い集めてきたという。

「烏天狗のお子は、こういうきらきらしたものが好きだと、あのぅ、前に聞いたものですから。あのぅ、どうでしょう？」

「いただきまする！　いただきまする！」

「とても嬉しゅうございまする！」

「それならよかった。では、どうぞ。あ、そろそろあたくしは行かなくては。では、あのう、失礼いたします」

玉雪が帰ったあとも、双子は長い間、もらった珠を床に広げ、そのきらめきにうっとりと見入っていた。

やがて、左京が口を開いた。

「ねえ、右京。この珠、たくさんあることだし、津弓君《ぎみ》にも分けてさしあげたらどうかしら？」

「右京も、ちょうど同じことを考えていたところです」

「なら、急いで届けてあげましょう」

「あ、でも、まだ謹慎《きんしん》の罰は解かれていないのではないかしら？」

「珠を届けるくらいなら、いいでしょう。お手紙をつければ、もっと津弓君も喜んでくれると思います」

「では、そうしましょう」

双子は嬉々として手紙を書き始めた。

堕《お》ちるもの

うまくいった。

彼の心は喜びで震えていた。

計画はことごとく思い通りに運んでいた。不可能と思えていたことが、こうまでとんとん拍子だと、むしろ怖いほどだ。

計画に必要なものはいくつもあった。望みのものを持ち出す手段、機会、そして隠し場所。

隠し場所は無事に見つけられた。

持ち出す手段は、雷水晶《かみなりずいしょう》のみを使えばよいとわかった。だが、あれは蔵の中にしまわれており、彼の立場では勝手に持ち出せない。

今日、釣鐘《つりがね》ヶ淵《ふち》の主《ぬし》の脱皮のために、のみが蔵から持ち出されることになったのは、まったく幸運だった。なにしろ、まわりのもの達は主の脱皮に気を取られていた。隙はいくらでもあり、彼は造作もなく一本ののみを懐にしまいこめたわけだ。

そして、機会を生み出すものとして仕込んだ腐敗虫《ふはいむし》の卵。あれも、ちょうどいい時に孵《ふ》化《か》してくれたものだ。

おかげで、奉行所の皆が腐敗虫に大騒ぎをしている間に、彼は一人、その場を離れ、奉行所の深部とも言えるあの場所へと向かうことができた。

そこには、真っ青な氷柱《つらら》と氷筍《ひょうじゅん》が柱のように無数に生えている。だが、彼は迷うことなく、自分が求める柱のもとへ向かった。そして、その根元を雷水晶ののみで砕き、持ち運べるように切り離した。

切り離した氷は彼の背丈と同じほども高さがあり、重みもすさまじかった。だが、その時の彼にはむしろ軽く感じられた。ほしいものを手に入れたという興奮と喜びが、両腕の力となったのだ。

誰にも見られないよう、油をしみこませた布でしっかりと包んだ後、彼はそれを抱え、外へと抜け出した。怪しまれることはなかった。腐敗虫に穢《けが》されないよう、物を避難させているもの達が何人もいたからだ。

そうして、彼は飛んだ。盗み出したものを、安全な場所へと運んだのだ。

ここなら、しばらくは誰にも見つかるまい。ことが明るみに出るまでに、まだ少しの猶予もあるだろう。その間に、するべきことをするのだ。

一息つくことすら惜しくて、彼は氷から布をとりのぞいた。

清浄な青い氷。中には、たとえようもなく美しいものが閉じこめられている。本当に麗《うるわ》しい笑みを浮かべて。

その笑みは彼に向けられたものではない。だが、じきに彼のものとなるだろう。

「お助け、します……」

かすれた声でつぶやき、彼はのみを氷へとあてた。

さすがに一瞬、恐れを覚えた。手が震え、のみを落としそうになる。

だが、すぐに震えは止まった。

すでにいくつもの掟を破ってしまっている。罪の淵へ身を投げた自分は、もはや浮かびあがることはない。堕ち続けるだけだ。

ほしいものを手に入れる。

その想いにとりつかれ、彼はのみを振り下ろした。

五

王妖狐《おうようこ》一族の長にして東の地宮の奉行、月夜公は、絶大な妖力と誇り高さ、その美貌から、いずれのあやかしからも一目置かれる存在だ。

だが、その月夜公にも、自他共に認める弱みがあった。

甥の津弓だ。

津弓は、月夜公の双子《ふたご》の姉の忘れ形見であり、妖気違《ようきたが》えの子でもあった。両親から二つの相容れぬ妖気を受け継いでおり、いくつもの封印をほどこさねば、小さな体はたちまち蝕まれてしまう。しかも、月夜公の力と術をもってしても、津弓にかけた封印は長くはもたず、また新しくかけ直さなければならない。

三日に一度は、どんなに忙しくとも必ず甥の元に行くのは、そのためだ。

むろん、面倒などとは微塵《みじん》も思わない。甥の身を守るためなら、どんなことでもする覚悟がある。

その一方で、甥の扱いには手を焼いてもいた。津弓はなかなかに腕白《わんぱく》で、活発だ。外に出たがり、他の子妖達と遊びたがる。

それが月夜公には不満だった。

かわいい甥は安全な屋敷内に、強固な結界の中に常に閉じこめておきたい。自分以外の誰にも会わせたくない。

これが本音だ。

だから、津弓がいたずらをしでかしたり、言いつけを破ったりした時は、内心嬉々として部屋に謹慎《きんしん》させるのだ。だが、いつまでもというわけにはいかない。あまり長く閉じこめておくと、今度は津弓がへそを曲げるからだ。

「そろそろ出してやらねばならぬか」

ため息をつきながら、月夜公は津弓の部屋に向かった。

奉行所の書庫に勝手に忍びこんだ夜から、すでに十日経っている。その間、誰にも会わせずにいたから、津弓の鬱憤《うっぷん》もたまり始めている頃だろう。何かで気をまぎらわせ、謹慎を一日でも長く引きのばせればいいのだが。昨日は月影山《つきかげやま》の銀桃《ぎんとう》を差し入れたから、今度は玩具《おもちゃ》などがいいだろうか。

そんなことを考えながら、月夜公は津弓の部屋の前に立った。

「津弓、入るぞえ」

津弓はちゃんと中にいた。ぺたんと床に座りこみ、背中を丸めてうつむいている。だが、こちらを振り向いた顔は、まるで泣きはらしたあとのように赤く腫れていた。

それを見たとたん、月夜公の理性は吹き飛んだ。慌てて駆けより、甥の両肩をつかんだ。

「ど、どうしたのじゃ！　何があったというのじゃ、津弓！」

「これ……」

津弓は悲しげに両手を広げてみせた。そこには、きれいな珠がいくつも載っていた。見覚えのない品に、月夜公はますますわけがわからなくなった。

「これは吾がやったものではないの。その珠がどうしたというのじゃ？」

「う、右京と左京が、お手紙をくれたのです。二日前に、大きな淵《ふち》の主《ぬし》が殻を脱ぐのを手伝ったって。そのお礼に、こういう珠をもらったって。たくさんもらったから、津弓にもおすそわけするって、送ってきてくれて……」

「そうであったか。よかったではないか」

「……津弓も見たかった」

「何？」

「津弓も見たかったです！」

どっと、津弓の目から涙があふれだした。

「右京達と一緒に、ぬ、主を見たかった！　殻を脱ぐ手伝い、したかった！　お礼の泡珠《ほうじゅ》も、おすそわけじゃなくて、お礼としてもらいたかったです！　う、うわあぁん！」

「こ、これ、津弓。泣くでない。泣くようなことではあるまい」

「うわあああ、あああああっ！」

「つ、津弓！　泣いてくれるな。頼む」

月夜公はたちまちうろたえた。この世に甥に泣かれることほど苦手なものはないのだ。

なんとか機嫌をとろうと、妖術で宝珠を取りだしてみせた。

「見よ。こちらの宝珠のほうがずっと大きくて美しいであろう？　これなど、小さな月そのものであろう？　ほれ、金の炎を封じているかのような珠もあるぞえ。これらをやるゆえ、泣きやむのじゃ。そら、こちらの海のごとき色合いなど、そなた好みではないかえ？」

「そ、そういうことを言っているんじゃありません」

宝珠には見向きもせず、津弓はいっそう激しく泣きだした。

その後は何を言っても「もういいです」と、聞こうとせず、布団をかぶってしまった。

月夜公が「今日で謹慎を解くから」と言ったあとも、津弓はあまり喜ぶそぶりを見せず、その夜の夕餉《ゆうげ》もほとんど残した。

月夜公はすっかり弱ってしまった。

これはまずい。このままでは「叔父上なんか嫌いです」と、言われてしまうかもしれない。なんとしてでも甥の笑顔を取り戻さなくては。喜ばせ、楽しませ、あわよくば、「さすが叔父上。大好きです！」と言われたい。

そのためには何をしたらいいのか。

贈り物ではだめだと、もうわかっている。逆に機嫌を損ねかねない。弥助や烏天狗《からすてんぐ》の双子を呼びよせ、一緒に遊ばせてやるか？　いや、これではいつもどおりすぎて、芸がない。良い案を思いつけず、月夜公は歯がゆさに身悶えた。まったく情けない限りだが、自力では答えにたどりつけそうもない。

結局、助けを求めることにした。

その夜、一番不運な目にあったのは、梅の里の子妖、梅吉であろう。月夜公が突如訪ねてきたものだから、梅吉はびっくりして腰を抜かしてしまった。青梅のような緑色の肌が、みるみる白くなる。

「な、な、な……！」

「これ、そう怯えるでない。今宵はおぬしを咎《とが》めに来たわけではないのじゃ。一つ、吾を助けてはくれぬかえ？」

「た、た、助け？」

「そうじゃ。おぬしは津弓のことをよう知っておろう？　じつはの、このようなことがあって、津弓がへそを曲げてしまっておるのじゃ」

話を聞き終える頃には、梅吉も元の顔色を取り戻していた。

小さな子妖は悔しそうにうらやましそうにため息をついた。

「それ、おいらも行きたかったなぁ」

「おぬしもかえ？　なぜじゃ？　大蟹《がに》の殻を脱がすことなど、たいして楽しいとは思えぬが」

「でも、みんなで一緒になって何かやるって、お祭りみたいでおもしろいもの。津弓は楽しくてにぎやかなことが好きだから、余計にがっかりしたんじゃないかな？」

「そ、そういうものかの？」

「うん。……そうだ！　それこそ、祭りをやってみたら？　津弓の不機嫌だって、ふっとぶんじゃないかな？」

「祭り……ふむ、悪くはないの」

「あ、でも、笛と舞いだけとか、そういうおしとやかなのはだめだよ。にぎやかで、元気が出るような、大人も子供もわいわい楽しめるようなやつでなきゃ」

「大人も子供も、となぁ……」

はっとする月夜公に、梅吉が食いついてきた。

「何か思いついたの？　祭りにはおいらも呼んでくれる？　久しぶりに津弓と遊びたいんだけど」

「それは遠慮してもらおう。悪たれ二つ星を会わせるなと、あちこちのあやかし達に頼まれておるからの」

「そんなぁ」

ひどいじゃないかと嘆く梅吉に礼を言い、月夜公はさっと飛び立った。その間も、頭の中では次々に計画が組みあがっていた。

ああ、これならばきっと、津弓も喜んでくれよう。

満足の笑みをたたえながら、月夜公は飛び続けた。


「まあ、烏天狗武芸大会でございますか？」

驚いた声をあげたのは、飛黒の妻、萩乃であった。初音姫のつわりがおさまってきたこともあり、久しぶりに家に帰ってきたのだ。

その萩乃を囲み、一家は仲睦《なかむつ》まじく夕餉をとった。ここぞとばかりに飛黒が腕をふるった料理に舌鼓をうち、双子がさえずるように留守中の出来事を話すのを聞いて。

武芸大会のことを飛黒が告げたのは、にぎやかな夕餉が終わり、食後の茶菓子をつまんでいる時であった。

「うむ。我ら奉行所の烏天狗達は、常日頃から鍛えておらねばならぬからな。その鍛錬《たんれん》の成果を披露する場があれば、より皆の士気があがるであろう。月夜公がそうおっしゃるのだ」

「まあ、突然ですこと。それで、いつ大会は行われるのですか？」

「四日後だそうだ」

黙っていられず、右京が声をあげた。

「父上！　どんな武芸大会になるのですか？」

「まだよくは知らん。だが、種目はいくつもあるらしい」

それぞれの種目での勝者には、月夜公から褒美《ほうび》が与えられるそうだと、飛黒は付け加えた。

「父上も参加されるのですよね？」

「いいや、左京。わしは筆頭烏天狗ゆえ、審判をおおせつかった」

「まあ、それは残念な。あなたであれば、必ず勝者になれましょうに」

「ははは。それゆえ、わしは外されたのであろうよ。はなから勝者が決まっていたのでは、他のものらが励む気にもなれまい」

「それでも、やはり残念でございます。あなたの雄姿を見られぬのですから」

ちらりと、萩乃はとろけるような流し目を向けた。

かつて多くの華蛇《かだ》の若者の心をときめかせた美貌は、年を経た今はしっとりとした落着きと気品を併せ持ったものになっている。今も昔も変わらぬのは、飛黒に対する想いの深さだ。

それは飛黒も同じだ。

萩乃を喜ばせるために、月夜公に頼んで、試合に出させてもらおうか。

半ば本気でそんなことを考えてしまう。

一方、双子は双子で胸を高鳴らせていた。武芸大会とはなんとも心踊る響きである。いったい、どのような催しとなるのだろう？　誰がどの種目で勝つのだろう？　月夜公も、何かに参加されるのだろうか？

「父上、右京は武芸大会を見に行きたいです」

「左京もです！　行ってもよいですか？」

「よいとも。月夜公は、こたびの催しを大々的に開放するとおっしゃっていた。誰でも見物に来てかまわぬそうだ」

「まあ、それでしたら、わたくしも行きたいものです」

萩乃の言葉に、飛黒は驚いた。

「女房殿も来ると？」

「ええ。四日後は、ちょうど姫様があちらの家に招かれておいでなのです。さすがにあの男の実家に、わたくしが同行するわけにはいきませんから」

少し悔しげに萩乃は顔をしかめた。初音姫の夫へのわだかまりは、いまだに解けていないのだ。

だが、萩乃も共に行くと言いだしたので、双子は大喜びだ。

「母上と一緒にどこかに行くなんて、久しぶりですね！」

「ますます武芸大会が楽しみになってきました！　ね、父上？」

「そうだな。しかし、こうなると、審判を引き受けてしまったのが悔やまれる。……やはり一度、月夜公にお願いしてみるか」

飛黒は本気で悩み始めてしまった。

またたく間に時は過ぎ、烏天狗の武芸大会の日がやってきた。

その日、月夜公は術を使って、奉行所の鍛錬場を野原のごとく広いものへと変化させた。

そこへ、噂を聞きつけたあやかし達が続々と入っていく。それぞれ、ござや敷物、弁当を携えており、すっかり物見遊山《ものみゆさん》の態だ。

右京と左京も、一番手前の場所にいち早く陣取り、萩乃と共に赤い敷物を広げた。これで準備は万端だ。これから始まる武芸大会も楽しみなら、重箱に詰めたごちそうも楽しみだ。横に母がいるというのも嬉しい。

わくわくしながら待っていると、あやかし達をかきわけて、津弓が姿を現した。

「右京！　左京！」

「津弓君《ぎみ》！　お久しぶりでございまする」

「お元気でございましたか？」

「うん、退屈だったけどね。右京達に会えて嬉しい。それにね、この武芸大会のことを聞いてからは、ずっと楽しみにしてたの」

「我らもでございまする」

「どのような技比べがあるのでございましょうね」

「わからない。叔父上に聞いたのだけれど、見てのお楽しみだからって、教えてくださらなかったの。ん？」

ここで津弓は萩乃に気づいた。誰だろうと首をかしげる津弓に、萩乃はうやうやしく頭を下げた。

「お目にかかれて嬉しゅうございます、津弓君。わたくしは萩乃。飛黒の妻で、右京と左京の母でございます」

「母様なの？　右京と左京の？」

「はい。いつもうちの子達がお世話になっております。今後ともよしなに。あ、もしよろしければ、わたくし達と一緒に見物なさいませぬか？　おいしいものも、たくさん用意しておりますよ」

「う、うん。そうしたいけど、叔父上にまず聞いてみなきゃ」

「さようでございますね。ああ、なれば、わたくしが月夜公様に伺ってまいりましょう。ご挨拶もしたいことですし」

するりと、萩乃は優雅にその場を去っていった。

呆けたようにその後ろ姿を見ていた津弓だったが、やがて我に返り、双子にささやいた。

「きれいな母様だね」

「はい」

「……いいなぁ。右京達にはあんなきれいな母様がいて、いいなぁ」

しんみりとした顔をする津弓に、双子は慌てて言った。

「でも、我らには月夜公様のようなきれいな叔父はおりませぬ」

「だから、津弓君がうらやましゅうございまする」

「あ、そうだね。うん。津弓には叔父上がいるものね」

津弓はふたたび笑顔となった。

やがて萩乃が戻ってきて、月夜公の許しを得たと告げた。子妖達は三人並んで座り、わくわくしながら時を待った。

どーんどーん！

突然、腹の底に響くような大太鼓の音が轟《とどろ》いた。

鳴らしたのは、大櫓《おおやぐら》の上に立った飛黒だ。輝くような白い装束に、鮮やかな紫の帯をしめ、頭には長い烏帽子《えぼし》をかぶっている。黒い翼と羽毛がよく映えており、「まあ、なんとりりしい！」と、萩乃が感嘆の声をもらしたほどだ。

その声が届いたのか、飛黒はいっそう胸を張り、朗々と声を放った。

「これより武芸大会を始める！　日頃の鍛錬の成果を、存分に発揮せよ！　勝者には、月夜公様より褒美が与えられよう。なお、審判はこの飛黒が務める。種目は全部で三つ。最初は、棒術である！　参加するものは、前に出よ！」

わあっと、歓声がわきあがる中、次々と若い烏天狗達が六尺棒を手に飛びだしてきた。いずれも、黒装束にこてとすねあてをつけた、勇ましい姿だ。

皆が見守る中、二人ずつの組に分けられ、棒を使って戦いだした。六尺棒を振り下ろし、薙《な》ぎ払い、あるいは突きを繰り出す。すぐに勝負がつく組もあれば、何十と打ち合った末にようやく決着がつく組もあった。

勝ち残った最後の二人の対戦は、まさに手に汗握るもので、唸りをあげて振り回される棒の元、幾度も黒い羽毛が空中に散った。

だが、ついに片方の繰り出した突きが、相手の腹に決まった。

見守っていた飛黒が、さっと、金の扇をあげた。

「そこまで！　勝者は羽角《うかく》！」

静まり返っていたその場に、ふたたび歓声があふれた。

勝ち抜いた烏天狗は、激しく消耗しており、しばらくは荒く息をつくばかりで、声も出せない様子だった。そんな勝者に、月夜公がねぎらいの言葉をかけた。

「見事であった。おぬしの棒術は、いずれこの奉行所になくてはならぬものとなろう。今後もよう励め」

そうして、銀細工を美しくあしらった鉄桜《ざくら》の六尺棒を羽角に渡したのだ。

やんやの喝采がおさまったあと、飛黒がふたたび声を放った。

「次は、組み技比べだ。逃げる相手を生け捕るのに、組み技はなくてはならぬもの。また、丸腰で襲われた時にも、会得しておけば十分に戦える。奉行所勤めのものには、会得必須の技である。参加するものは前へ」

また続々と烏天狗達が出てきた。がっしりとした大柄な烏天狗が多かったが、細かったり小柄だったりするものもちらほらいた。

「あんな細い体で、大丈夫かしら？」

「ずいぶん小さい方もいらっしゃいまするね」

津弓と双子はひそひそとささやきあった。そして、対戦相手達が登場したとたん、その不安は一気に高まった。

なんと、月夜公が用意した相手は、鬼だったのだ。烏天狗達よりもはるかに大きく、筋骨隆々のものばかり。しかも、金棒で武装している。対する烏天狗達は、みな素手だというのに。

「わあ、これはひどいよ！」

「あ、危ないのではございませぬか？」

「止めたほうがいいのではありませぬか？　ねえ、母上？」

「まあ、少し落ち着きなさい。大丈夫ですよ。仮にも奉行所にお勤めの方々です。相手が鬼であろうと夜叉であろうと、戦えるだけの力量をお持ちのはずですよ」

「でも、あちらは武器を……」

「ええ。相手の力、武器を見極め、どう動くか。この種目ではそれが鍵となることでしょう」

萩乃は冷静にそう言ったが、実際のところ、若い烏天狗達にはこの課題はなかなか難しいものだったようだ。まっこうから組み合って、力負けして、投げ飛ばされる烏天狗が続出した。振り回される金棒をかわすのがやっとというものも多い。

そんな中、見事な動きを見せたのは、ひときわ小柄な烏天狗だった。襲いかかってきた鬼の腕をつかみ、そのまま相手の足を横に払ってねじふせたのだ。どこをどう押さえられているのか、倒れた鬼は立ちあがれなかった。

「母上、あれはどうなっているのですか？」

「おそらく首、それに肘の関節をねじって、動けぬようにしているのでしょう。きっとあなた達の父上が教えたのですね。あれは、父上の得意技ですから」

「すごいですね。今度左京も教わりたいです」

「右京もです」

「津弓も！　頼んだら、飛黒は教えてくれるかしら？」

声をあげる津弓に、萩乃は微笑《ほほえ》んだ。

「月夜公様がよいとおっしゃれば、我が夫は喜んで伝授することでございましょう」

「それじゃ、あとでさっそく叔父上に頼んでみる。いいと言っていただけたら、右京、左京、一緒に習おうね」

「はい」

さて、にこにこ笑う津弓を、遠目からじっと見つめるものがいた。

言わずと知れた月夜公である。

先ほどから見ていたのだが、津弓はずっと楽しげに笑っている。どうやら気はすっかり晴れたようだ。

武芸大会を開いたのは正しかったと、満足を覚えていると、横にいる飛黒が声をかけてきた。

「月夜公様。勝者の飛矢丸《ひやまる》に何かお言葉を」

「ん？　うむ、そうであったな。飛矢丸、天晴《あっぱ》れな戦いぶりであったぞえ。その名が表すがごとく、まさに飛ぶ矢のように素早い身のこなしじゃ。これは褒美の具足じゃ。特別に軽く、しかも丈夫に作ってある。おぬしの今後に活かせ」

褒美を飛矢丸に渡してやったあと、月夜公は飛黒を見た。

「最後は捕り物であったな？」

「さようでございまする」

「では、とりかかるとしよう」

月夜公は手を打ち合わせ、あらかじめ鍛錬場に刻みこんでおいた術を呼び起こした。たちまちのうちに、鍛錬場の中央に黒光りする竹が生え始めた。それは互いに交差しあいながらのびていき、ぐるりと、円を描く柵と化した。

高く強固な柵の出現に、その場は一気に物々しい雰囲気となった。何が始まるのだろうと、皆がいっせいに月夜公と飛黒を見る。

せきばらいをして、飛黒が告げた。

「次は最後の種目、捕り物である。これは勝ち負けを競うのではなく、強敵を捕えるため、いかに仲間と手を携えられるかを見るものである。……このたび捕獲するのは牛鬼《ぎゅうき》である」

どよめきが起こった。中には悲鳴をあげるあやかしすらいた。

牛鬼は、凶悪な魔物だ。知性はなく、ただ己の欲望、貪欲な飢えにのみ突き動かされて生きている。人もあやかしも関係なく食らう牛鬼が相手とあっては、これは容易ならざる試練だ。

若い烏天狗達の顔には一様に動揺が浮かび、あとずさりをするものすらいた。

無理もないと、まわりのあやかし達もささやきあった。

「牛鬼が相手じゃ、下手すりゃ命を落とすもの」

「月夜公様も、何を考えて牛鬼なんて用意なさったんだろう?」

「これじゃ参加するやつなんて、いないんじゃないかねぇ?」

ここで、飛黒が言葉を続けた。

「なお、牛鬼を見事捕獲できた暁《あかつき》には、後日、月夜公様が茶会を催してくださる。年頃の女妖達を集めての、それは華やかな一席になることだろう」

この言葉に、烏天狗達は俄然、色めきたった。

奉行所勤めの彼らには、とにもかくにも出会いが少ないのだ。月夜公が催す茶会、呼ばれるのが年頃の女妖達とあれば、それはそれは貴重な機会となるだろう。

もしかすると嫁取りにつながるかもしれぬと、烏天狗の若者のほとんどが、我先に柵の中へと飛びこんでいった。鬼との組み技比べで怪我したものすら、いそいそと加わっていったのだから、その執念たるやすさまじい。

見物するあやかし達も、これはおもしろいと、はやしたてた。

「がんばれよ!」

「やあ、若《わけ》ぇってのはいいねぇ」

「しかし、こんなに必死になるところを見ると、ちょいと不憫だねぇ」

「それだけ出会いがないのさ。烏天狗ってのは、そろいもそろって生真面目すぎるからね」

「でもさ、その分、一途なところがあるよ。浮気者の烏天狗なんて、聞いたためしがないもの」

「そういや、あの飛黒の旦那もだね。奥方一筋だ」

「そりゃ、あんな奥方がいたら、浮気の虫なんてわきゃしないだろうさ。怒らせたらおっかなそうだし」

「しっ！　めったなことを言うもんじゃないよ。そこにおいでなんだから」

「おっと、いけねぇ」

一方、右京と左京、それに津弓は、大人のあやかし達のようにおもしろがることはできなかった。

三人は不安げに前を見た。柵の中では、烏天狗の若者達が奮いたっていた。手に手に縄や棒や弓矢を持ち、血気盛んな顔をし、そろって目を輝かせているが、本当に大丈夫だろうか？

右京と左京は、萩乃の袖を引いた。

「大丈夫でしょうか、母上？」

「牛鬼はとても凶暴で、恐ろしい魔物だと聞いていますが」

「大丈夫ですよ。いざとなれば、父上が助けに入るでしょう。月夜公様も見ておいでですし、死者が出るようなことにはならぬはず」

「あ、そ、そうですよね」

「そうですとも。……いっそのこと、危機が訪れればよいのに。そうすれば、飛黒殿の雄姿が見られるというもの」

本気でつぶやく萩乃に、子妖達が首をすくめた時だ。

「始めよ！」

飛黒が叫び、手を打ち合わせた。

次の瞬間、柵の中の地面が割れ、そこから牛鬼が現れた。

牛鬼は、小山ほどもあり、その体は大きな蜘蛛《くも》を思わせた。だが、蜘蛛の体についているのは、角を生やした鬼の顔だ。その醜い顔の半分が巨大な口で、ものすごい牙が並び、その隙間からよだれがとめどなくしたたっている。

また、黒い剛毛に覆われた体は鋼のように固く、六本の脚の先は槍のごとく尖っている。あれで踏まれたり、突かれたりすれば、腕や足などたやすく千切れてしまうだろう。

ぎょろりと、牛鬼は自分を囲む烏天狗達を見た。どんよりと濁《にご》った黄色い目が鈍く輝く。

突如、牛鬼は地をゆるがすような雄叫びをあげた。それは歓喜の叫びだった。

餌だ。餌がたくさんいる。腹が満たせる。嬉しい。嬉しい。

飢えが剝きだしとなった声は恐ろしかった。

そして、雄叫びを唸りに変えながら、牛鬼は目の前にいる烏天狗へと襲いかかっていった。その巨体からは想像もつかぬほど速い。

いち早くその若者は空中へと逃げた。だが、牛鬼は動きを止めることなく、さらに先にいた別の烏天狗へと突進していく。狙いをつけられた烏天狗の反応が一瞬遅れた。もはや避けることも逃げることもできない。

ひいっと、津弓が悲鳴をあげた。双子も思わず目を覆いそうになった。

だが、後方にいた烏天狗達がいっせいに牛鬼の背中に棒を叩きつけた。棒は全て跳ねかえされたが、牛鬼も無痛とまではいかなかったようだ。苛立ったように後ろを振り返る。

その隙に、狙われた烏天狗は逃げることができた。

この時には、全ての烏天狗が空中に舞い上がっていた。上から牛鬼の隙を窺い、あるものは矢を射かけ、あるものは急降下をしては殴りかかる。

一方、獲物になかなかありつけず、牛鬼は激しく焦《じ》れだした。柵の中を狂ったように走り回り、柵に体当たりをする。さすがに壊れはしないが、柵が大きくきしむたびに、外で見物しているあやかし達は悲鳴をあげた。

津弓の怯えた顔を見て、月夜公の目が厳しくなった。

「これでもし柵を破られ、牛鬼を外に逃がしでもしたら……あのもの達はただではすまさぬぞえ、飛黒」

「はっ！　そうなった時は、一から鍛え直しまする」

「生ぬるい。吾自ら、三年はしごいてやるぞえ。ええい、何をもたついておるのだ。……ああ、もう見ていられぬ！　津弓が怯えているではないか。吾が牛鬼を始末する」

「お、お待ちを！　若者達はあきらめてはおりませぬ。ごらんください。果敢《かかん》に攻めておりまする」

飛黒の言葉どおり、若者達は戦い続けていた。未来の嫁取りがかかっているとあって、真剣そのものだ。

だが、いくら棒を繰り出しても、矢を放っても、牛鬼の体には傷一つつけられない。動きを多少鈍らせる程度だ。これでは埒《らち》があかない。

と、数人が燕《つばめ》のように牛鬼の前を飛び回り、攪乱《かくらん》し始めた。それをなんとか捕えようと、がちがちと、牛鬼は牙を噛みあわせるが、その口は空を噛むばかりだ。

そして、牛鬼が目の前の烏天狗達に気をとられている隙に、他のもの達は牛鬼の足元に、白く細い縄の輪をいくつも投げかけていった。

一つ、二つ、三つ。

暴れる牛鬼の脚に、輪はどんどんからんでいく。

「そおれ！」

誰かの掛け声を合図に、烏天狗達はいっせいに縄を引っ張った。何本もの縄が四方へぴんと張り、輪がしまる。牛鬼の六本の脚がぎゅっと一つにまとめられていく。

動きを封じられかけていることに気づき、牛鬼は激しく暴れだした。何人もの烏天狗が薙ぎ払われたが、彼らはまったくひるまなかった。たとえ柵に叩きつけられようと、また蝗《いなご》のように縄へと飛びついていく。ここが正念場なのだ。

ついに、牛鬼の脚が完全に一つにくくられた。こうなっては、もはや立っていることもできない。

自らの重みにつぶされるようにして、牛鬼は地面に転がった。

大歓声があがった。誰もが戦いぬいた烏天狗達を褒めたたえる。

その烏天狗達はというと、ぼろぼろのありさまだった。傷を負っていないものは一人もいなかった。衣は破れ、羽毛は血と砂ぼこりに汚れ、目が大きく腫れてしまっていたり、翼がひしゃげてしまっていたりと、散々だ。

それでも、皆満面に笑みを浮かべていた。彼らの期待に満ちたまなざしは、上座《かみざ》の月夜公へと向けられる。

月夜公はうなずいた。

「よろしい。少々手こずったとはいえ、牛鬼を無事に捕獲できたのじゃ。約束どおり、近いうちに茶会を開くとしよう。それまでに傷を癒しておくがよいぞ」

月夜公の言葉に、烏天狗達が喜びの声をあげたのは言うまでもない。

こうして、武芸大会は大興奮をもって幕を閉じたのだ。


その夜、膝の上に津弓を座らせながら、月夜公は尋ねた。

「どうであった、津弓？　今日はうんと楽しんだかえ？」

「はい、叔父上！　本当に楽しかったです！　わくわくしたし、どきどきしました！　特に牛鬼の捕り物は、はらはらしました！」

「そうか。それはなによりじゃ。では、また次もこうした催しを開くとしよう」

「本当ですか？」

「もちろんじゃ。そなたを喜ばせるためなら、吾はどんなことでもする。明日にでもまた武芸大会を開いてもよいのじゃぞ?」

真剣な叔父の言葉に、津弓は笑いながらかぶりを振った。

「ううん。明日でなくていいです。そんなに毎日続けたら、みんなが疲れてしまって、かわいそうだもの」

「津弓。そなたは良い子じゃ。本当に良い子じゃ」

とろけそうな顔で津弓の頭を撫でる月夜公。

津弓も幸せそうに笑っていたが、ふと真顔になった。

「どうしたえ、津弓?」

「ううん。ちょっと不思議に思うことがあって」

「なんじゃ?」

「梅吉のこと。今日の武芸大会で会えるかなって思っていたのに、結局会えなくて。こんなおもしろいこと、梅吉が見逃すはずないのに。もしかしたら、風邪でもひいているのかも。……叔父上、今度、梅吉のところに行ってもいいですか?」

「む……梅吉は、元気にしておるはずじゃ。恐らくな」

歯切れの悪い叔父の言葉に、津弓は何か感づいたようだ。まじまじと月夜公を見つめる。

「叔父上……梅吉に何か言ったの?」

「ん……」

「まさか、武芸大会には来るなって、梅吉に言ったのですか？」

「…………」

「……ひどいです。叔父上、ほんとにひどいです」

「これ、つ、津弓」

「知らない！　もう叔父上なんか知りません！」

うわあっと、泣いて走り去る津弓を、月夜公は慌てて追いかけた。

そうして、ふたたびむくれた津弓をなだめるのに、いくつもの甘い約束をするはめとなったのだ。

六

　武芸大会より数日後の午後、右京と左京は奉行所を訪れた。

　いち早く双子《ふたご》に気づいたのは、受付役の桐風だった。

「これはぼっちゃん達。また見学においでで？」

「さようでございまする」

「お父上は？　一緒に来なかったんで？」

「はい。今日は月夜公様のご命令で、煙《けむり》ヶ森《もり》のえんえんら一族を訪問しなければならぬとのことで、朝早くに出かけていきました」

「ははあ、なるほど。あ、そうそう。それで思い出した。お二人に伝言がありますよ」

「伝言？」

「はい。月夜公様からね」

　ぴんと、背筋をのばして、桐風は言った。

「今日は津弓君《ぎみ》は子預かり屋の弥助のところに行っているそうでして。明日までお泊まりになるとのことですよ」

「弥助殿のところへ？」

「お泊まりでございまするか？」

いいなぁと、双子は顔を見合わせた。

「今度父上に頼んで、我らもお泊まりをさせてもらいましょう、左京」

「それがいいです、右京。ともかく、今日の見学は我らだけでするということですね」

「どんなものを見たのか、あとで津弓君に教えてさしあげましょう。それはそうと……」

と、双子は桐風に向き直った。

「桐風殿、頭をどうされたのでございまする？」

「それに翼も。怪我をしたのでございまするか？」

さらしを巻いた翼と頭を指差され、桐風は少し誇らしげに胸を張った。

「なに、ちょっとしたかすり傷ですよ。先日の武芸大会で、牛鬼《ぎゅうき》の角にひっかけられましてね。もっとひどい目にあった連中も多いですが、みんな、元気は元気ですよ。へへへ。なにせ、褒美《ほうび》が褒美ですからねぇ」

その言葉どおり、奉行所の中に進むと、傷を負った烏天狗《からすてんぐ》をあちこちで見かけたが、どの顔にもだらしない笑みが浮かんでいた。おおかた、これから開かれる茶会のことで頭がいっぱいになっているのだろう。

笑いを噛み殺しながら、双子は奥へと進み、まだ行ったことのない場所を目指した。

すると、大きな蔵にたどりついた。

蔵は二つあった。一つには大きな鉄の扉がはめこまれ、しっかりと錠前がとりつけられている。だが、もう一つの蔵には扉がなく、剝きだしとなった出入り口の奥からは、ぴかぴかと、なにやら閃光《せんこう》が漏れてくる。

右京と左京は恐る恐る、光を発しているほうの蔵をのぞきこんだ。中は、まるで鍛冶《かじ》屋の仕事場のようだった。金づちややっとこなど、様々な道具があふれ、奥の炉は赤々と炎をふきあげている。

そして、中央では大きな影が腕を振り回していた。影の腕は四本あった。それらが風車のように回っており、その下から稲妻《いなずま》のような光がはじけている。

きゃっと、左京は小さく叫んでしまった。とたん、影がこちらを振り返った。

「誰だい？」

返事を待たずに、影は双子達にずんずんと近づいてきた。

女のあやかしだった。非常に大きく、まるで大鬼のようだ。たくましい体つきに、長い四本の腕。裾をくくった袴《はかま》をはき、男のように黒い腹がけをつけているだけの姿は、ひどく荒々しい。それでいて顔は若く、美しかった。

女妖は身をかがめて、双子をのぞきこんできた。

「あ、あの、我らは……」

「あの、あの……」

女妖の迫力に気圧《けお》され、右京達は言葉に詰まってしまった。

と、女妖がにっこりした。

「ああ、話は聞いてるよ。飛黒殿の双子の若達が、あちこち見て回ってるってね。いつここに来てくれるか、楽しみにしてたところさ」

女妖は、あせびと名乗った。

「あたしは武具師でね。ここの連中が使う武具や道具は、全部あたしが作っているんだ。もちろん修繕もしているし、新たな道具をあれこれ考えたりもする」

「すごいのですね」

「ああ、なんでもやるって感じさ」

「……中を見ても、よろしゅうございまするか？」

「いいとも。ただし、何も触らないでおくれ。危ない物も多いから」

双子はそっと蔵へと足を踏み入れた。中は火と焼けた鉄の匂いで満ちていた。

「さっきは何を作っていたのでございまする？」

「ああ、これのことかい？」

じゃらりと、あせびは台の上から細く短い鎖を取りあげた。鎖の先には、大きな金の目玉が三つ、ついている。

「これは鬼蝙蝠《おにこうもり》の目玉だよ。闇の中で光るんだ。で、目くらましに使えないかと、今、あれこれ試しているところさ。振り回したら、ぱっと、光を放つようにしたいんだけど、まだちょっと威力が弱くてね」

「あせび殿。あちらの、熊の皮のようなものは？」

「あれは鉄獺《てつかわうそ》の皮だよ。恐ろしく丈夫なものだから、主に防具に使うんだ」

「では、あれは？　あの青い結晶のようなものは？」

「ああ、毒蝦蟇《がま》の涙さ。猛毒なんだけど、うんと薄めれば痺れ薬として使える。捕り縄や矢じりにまぶしてみようかと思って」

「あせび殿！　あれ！　あの魚の骨は何に使うのでございまする？」

あれはこれはと、双子は目を輝かせて聞いていった。

あせびは嫌な顔一つせず、双子の問いに答えてくれた。どうやら自分の仕事に興味を持ってもらえたことが嬉しいらしい。しまいにはこんなことを言いだした。

「どうだい？　完成した武具を見せてあげようか？」

「いいのでございまするか？」

「ぜひ見とうございまする！」

「よしよし。それじゃ、隣の蔵に行こうか。できあがった武具は、そっちに保管してあるのさ」

三人は隣の蔵へと行った。あせびは鍵を使って、扉にかかった錠前をはずした。

「ここの鍵を持っているのは、月夜公様とあたしだけなんだ。出入りには気を使っているんだよ。なにせ、厄介な道具もたくさんあるからね。勝手に持ち出されて、変なことに使われたら、それこそ大事になっちまう」

そう言いながら、あせびは四本の手を扉にあて、ぐうっと押した。

「わああ！」

「す、すごい！」

広い蔵の中は、弓や刀、槍やさすまたなどが整然と並べられていた。いずれも手入れが行き届いており、じんわりと鈍く青く輝いている。

また、あちこちの棚には大小様々な箱がきちんと札をはりつけられて置かれている。壁にかかっているのは、鎖や投網《とあみ》だ。

束にまとめられている縄を見て、左京が声をあげた。

「あ、この縄。武芸大会で牛鬼を捕まえるのに使われた縄でございまするね？」

「そうだよ。ああ、それなら触ってもいいよ」

そう言われ、右京と左京はさっそく縄に触れてみた。縄はほの白く、白玉のように淡く輝いており、太さは赤子の指ほどもない。すべすべとなめらかで、それでいて手によくなじむ。

「……こんなに細かったのでございまするね。よく暴れる牛鬼をからめとれたものでございまする」

「ははは っ！ それは月光を編んだ糸を、何百本とよりあわせて作った縄さ。たとえ月夜公様であろうと、力ではこれを断ち切れないよ」

「つ、月夜公様でもでございまするか？」

それはすごいと、双子は目を丸くした。

そのあとも、三人で蔵の中を見て回った。興味深い品がいくらでもあり、双子はあと目玉が二十個ほしいと思ったほどだ。

「あせび殿。巻物がありまするね」

「それは、地獄獣の召喚門が記された巻物だよ」

「召喚門？」

「そう。巻物に記してある門に、血をしたたらせると、強い地獄の獣を呼びだせる。あやかし食らいのような凶悪なやつを弱らせるのには、うってつけだ。ただし、こちらの妖力が足りないと、獣は言うことを聞いてくれず、下手すると、こちらが食われるはめになる」

「お、恐ろしい術でございまするね」

「そうさ。おっかないものさ」

ではあれはと、右京は自分の背丈ほどもある大きな青い壺を指差した。

「あの壺の中身は？　水はじきの油、と書いてありまするが」

「名前どおりのものさ。その油を体に塗っておくと、水に濡れずにすむんだ。でも、いちいち全身に塗りこめるのは厄介だから、今は丸薬にできないか、色々考えているところさ。飲んで同じ効果が出せるなら、すごく楽になるからね」

「うまくいきそうでございまするか？」

「それがなかなか難しくてねえ。この前、烏天狗の若いのに試作の丸薬を飲ませてみたんだけど、目を回して油壺をひっくり返してくれたよ。おかげでそこら中、油だらけになってさ。全部ふきとるのに、大きな布をまるまる使うことになっちまった。あれはもったいなかったね。でもまあ、いずれは完成させてみせるよ」

「あせび殿は、本当に色々なことをなさっておいでてございまするね」

「すごいだろう?」

「はい!」

ここで、外から声が聞こえてきた。

「あせび殿! どこですか?」

「ん? あの声は羽角かな? 悪いね、ぼっちゃん達。いったん外に出るよ」

「はい」

武具蔵を出たところ、そこに大柄な烏天狗がいた。棒術で勝者となった羽角だ。両腕に、すねあてやこてなどをいくつも抱えている。どれもひび割れたり、はめこんである鉄板が外れたりしている。

「ああ、あせび殿。よかった。これらの修繕をお願いします」

「あっ、また壊したのかい!」

「しかたないでしょう? 昨日、鬼の宴があって、酔って暴れだした鬼を何匹も取り押さえなくてはならなかったんだから。むしろ、このくらいですんで幸いでしたよ」

「ったく。こっちが丹精込めてこしらえたのを、毎度毎度、よく壊してくれるものだよ。

……ま、いいや。修繕は引き受けたから、あんた、ちょいと付き合っておくれよ」

「え、なんですか？　いやですよ！」

「いいから！」

慌てて逃げようとする羽角を、あせびは素早く捕まえた。なにしろ腕が四本もあるうえ、膂力《りょりょく》も相当なものだ。さすがの羽角も逃げられない。

泣きそうな顔をしながら、羽角は叫んだ。

「勘弁してくださいよ！　また何か試そうっていうんですか？　この前のとりもち罠のせいで、俺、尻の羽を全部引き抜くはめになっちまったんだ。近いうちに茶会があるっていうし、今、変な傷とか作りたくないんですよ！」

「何言ってるんだい。そうやって失敗を繰り返して、いいものができあがっていくんじゃないか。結果的にあんた達のためになっているんだから、いちいち文句を言うんじゃないよ」

「や、やめてくれ！」

「だいたい、あんたらがどんどん物を壊すから、こっちももっと強くて頑丈な物を作らなきゃって、知恵を絞ることになるんだ。あ、そうだ。この頃、道具の管理もなってないね！　この前だって、雷水晶《かみなりずいしょう》ののみを一本なくしちまっただろ？　しっかりしておくれよ」

「そ、それは俺の知らないことですよ！」

「いいから、こっちに来な。逃がさないよぉ。ちょうど試したいことがあったんだ。ってことで、ぼっちゃん達、今日のところはこのくらいにしといてくれるかい」

「はい」

「お世話になりました、あせび殿」

「うん。さ、羽角。こっちだよ」

「いやだぁ！」

まるで獲物を巣穴に引きずりこむ蟹《かに》のように、あせびは羽角を作業場の蔵へと引きこんでいった。羽角の悲鳴が悲しく途絶えていき、右京と左京は顔を見合わせた。

「羽角殿、お気の毒ですね」

「でも……恥ずかしいことですけど、我らでなくてよかったと、思ってしまいます」

「そうですね。……もう家に帰りましょうか？」

「今帰っても誰もいないでしょうから、もう少し奥も見てみませんか？」

「それもそうですね」

そのまま足を進めていくと、やがて、奉行所の建物の真裏へとやってきた。

そこには大きな岩山がそびえていた。まるで天然の塀のように奉行所の背中を守っている岩山。ごつごつとした岩肌の割れ目からは水があふれ、滝を生み出していた。

滝の高さは、人の背丈を二つつなげた程度。決して大きくはないが、水量はかなりのものだ。落ちた滝水の先は小さな池となっており、その池の水は奉行所を囲む濠《ほり》へと流れこんでいっているらしい。

そして、池の横には、武装した烏天狗が一人、仁王立ちとなっていた。これまた左腕を布で巻き、首から吊っているところを見ると、先日の武芸大会に参加した一人らしい。

双子を認め、烏天狗は笑顔になった。

「これはこれは。飛黒殿のご子息達ですね？　ついに氷牢まで見学に来られたということですか」

「では、ここは氷牢なのでございまするか？」

双子は驚きの声をあげた。

ここ奉行所には、いくつもの牢がある。軽い罪を犯したあやかしが、頭を冷やせと、放りこまれる座敷牢《ざしきろう》。裁きを待つ間、入れられる石牢。そして、重罪を犯したものが封じられる氷牢。ことに、氷牢は堅牢そのもの。いまだかつて破られたことがないという。

「では、あなたは氷牢の牢番殿でございまするか？」

「そうです。俺は雀丸《すずめまる》といいます」

「右京と左京でございまする」

「雀丸殿は、たったお一人で牢番を務めておいでなのでございまするか？」

「いつもは二人でやっていますよ。でも、今はそいつが休んでいましてね。まあ、めったなことはないだろうから、俺一人でもなんら問題ないんです」

「……父上から聞きました。ここには、重罪を犯したあやかしが封印されているのだと」

「そのとおり」

「それにしては、牢番の数が少なすぎるのではございませぬか？」

「牢からあやかしが逃げ出しでもしたら、それこそ一大事のはず。大丈夫なのでございまするか？」

不安げな双子に、雀丸はにやりと笑った。

「百聞は一見にしかず。まあ、ともかく氷牢に入ってみるといいですよ。俺が案内しましょう」

そう言うなり、雀丸はばっと翼を広げ、なんと滝の中へと飛びこんでいってしまったのだ。

ぎょっとして双子が立ちつくしていると、滝の向こうから雀丸の声が響いてきた。

「何をしているんです？　こっちですよ」

「た、滝の中へ入れと？」

「そうですよ。大丈夫だから、早くいらっしゃい」

こうなってはしかたないと、双子は目をつぶり、滝の中へ飛びこんだ。さぞかし冷たい水をかぶることになるだろうと思ったのだが、意外にも、ふわっと体に柔らかな布地をかけられたような心地がして、次の瞬間には固い地面を踏んでいた。

目を開けると、前には長い洞窟がずっと奥まで続いていた。滝の裏側に、このような洞窟が隠されていたとは。

だが、もっと驚くことがあった。

「右京、我ら、濡れていません！」

「本当です！　滝をくぐったはずなのに、どうして？」

ぺたぺたと自分達の顔や衣を触る右京達に、先に入っていた雀丸が笑った。

「この滝水は特別なんですよ。術が込められたもので、入る時は決して濡れません」

「では、出る時は濡れてしまうのでございまするか？」

「いやいや。中のものを持ち出したりしなければ、まったく濡れません。ということで、この洞窟の中にあるものは、小石一つであろうと、持ち出さないように」

雀丸はまじめな顔となった。

「じつは、この滝こそが真の牢番なんですよ。中にいるもの、あるものを、決して見逃さない。万が一、閉じこめられたあやかし達が氷を割って出てこようと、出口はこの滝しかありません。そして、滝をくぐったが最後、水は脱獄者にとりつき、強烈な臭《にお》いを放つんです。誰かが忍びこんで、中にいるあやかしを連れ出そうとしても同じことになる」

そうなったら、どこへ逃げようと、どこへ隠れようと無駄だ。臭いをたどられ、やがては追っ手に捕まってしまう。

おもしろい仕掛けだと、双子は感心した。

これを着なさいと、雀丸は洞窟の壁にかけられていた蓑《みの》を三つ下ろして、二つを双子に渡してきた。蓑はほのかに赤く、触れると、ちりりと、火花のはぜるような音がした。

「これは？」

「火藁《ひわら》で作った蓑ですよ。こいつを着ないと、この先へは進めないんです。ほら、ちゃんと着て。あと、この藁靴もはいてください」

火藁で作られた蓑と藁靴は、身につけると、汗が出てくるほど体が熱くなった。だが、これでも足りないほどだと、同じように蓑をまといながら、雀丸は言った。

「この奥は氷室となっていて、恐ろしく寒いんです。この格好でも、四半刻と中にいられない。案内できるのは、本当にわずかです。さて、準備はいいですか？」

「はい」

「お願いいたしまする」

「じゃ、ついてきてください」

雀丸は洞窟の奥へと進みだし、双子はそのあとに続いた。

雀丸が「これでも足りない」と言っていた意味を、双子はすぐに身をもって悟った。一歩進むごとに、寒さが募ってきたのだ。しんしんと、骨に食いこむような寒さだ。蓑と藁靴の温もりが、命綱のように思えてくる。

やがて、広々とした空間に到着した。そこは全てが青白い氷に覆われていた。天井からは太い氷柱《つらら》が、地面からも太い氷筍《ひょうじゅん》がのび、双方がぶつかりあって、何百という氷の柱と化している。

その柱の中に、あやかし達が閉じこめられていた。

一本につき一体ずつ、小さなものから巨大なものまで、様々なあやかしが恨みがましい目をかっと見開いたまま、氷漬けとなっている。

一番手近にあった氷柱を、雀丸が指差した。中には紫の羽に覆われた、鷺《さぎ》に似た鳥が閉じこめられていた。

「こいつは時吸い。若さを吸い取る魔鳥ですよ。鈴蛙《すずがえる》の里を襲って、さんざん悪さをしたもんだから、こうして捕まったわけです」

「こっちの大蛸《おおだこ》は、北の大海を荒らし回った八禍《はっか》。人間の船を何隻も襲って、魂も血肉もたらふくすすりこんだやつです」

「ああ、この小さな赤ん坊は、災子《さいし》。見た目はかわいらしいが、とんでもないやつですよ。別のあやかしの子を殺して、それになりすまして、愛情と乳を思う存分食らう。で、そこに飽きると、別の子持ちのあやかしのところに行くんです。この見た目だし、だまされた親が守ろうとするものだから、捕まえるのに苦労したそうですよ」

右京と左京は震えが止まらなくなった。恐ろしいもの達のせいであり、寒さのせいでもあった。

「さ、寒い」

「雀丸殿は、い、いつもこのような寒い中を、み、見回りしているのでございまするか?」

「とんでもない。俺はめったに入らないですよ、こんなところ」

なにしろ、見回りなど必要ないほど強力な術によって、封印されている場所なのだ。

「でも、もう一人の牢番の風丸は、しょっちゅうここに来ていますね。あいつは根っからまじめで、何かというと牢の見回りをやりたがるんです。でも、さすがに無茶が祟ったんでしょう。風邪をくらって、このところずっと休んでいるんです。この前の武芸大会も出てこられなかったくらいで。もったいないことをしたもんです。月夜公様が茶会を開いてくださるというのを知っていたら、あいつも、たとえ這ってでも参加したでしょうね」

そろそろ戻りましょうと言われ、双子はうなずき、きびすを返した。と、右京が足を滑らせて、尻もちをついた。

「大丈夫ですか、右京?」

「ぼっちゃん、どうしたんです?」

「大丈夫でございまする。何かを踏んで、それで滑ってしまって」

「踏んだって、もしかしてこれですか?」

左京が拾い上げたのは、手のひらに載るほどの氷のかけらだった。青々としており、まるで夏の空を閉じこめたかのような色をしている。

それを見たとたん、雀丸の目の色が変わった。くちばしが怯えたようにわななき、しわがれた声をしぼりだした。

「ど、どうして……そんなはずは……」

いきなり、雀丸は翼を広げ、奥へと飛んでいってしまった。取り残されてはかなわぬと、双子は慌ててあとを追った。

ようやく追いついた時、雀丸は呆然と立ちすくんでいた。その前には、切り株のような氷の塊と、無数のかけらが散らばっていた。たぶん、もともとは氷の柱があったのだろう。だが、それは折れて、砕かれて、なくなってしまっている。

それが何を意味するのか、右京と左京にも理解できた。


知らせを聞いて、月夜公はすぐにやってきた。元から白い顔は、砕かれた氷柱のあとを見るなり、いっそう白くなった。そこに浮かぶのは、そばで仕えるもの達ですら見たことのないような表情だ。

集まった烏天狗達はもちろん、右京と左京も背筋が寒くなった。

やがて抑揚《よくよう》のない乾いた声が、静まり返ったその場に響いた。

「……どういうことじゃ？　なにゆえ、百七番目の氷が砕かれておる？　中にいたあの女は……どこへ失せたというのじゃ？」

「わ、わかりませぬ、月夜公様」

「わからぬではすまぬぞ！」

熱波のような怒気を、月夜公が放った。目に見えぬ熱いかけらがばしばしと飛んできて、その場にいた一同、あとずさりした。右京と左京にいたっては、尻もちをついてしまったほどだ。

だが、その姿さえ、今の月夜公には目に入らぬようだった。煮えたぎるような目で、配下の烏天狗達を睨《にら》みつけた。

「なんであれ、自力で氷より抜け出したはずがない。そのようなことは決してできぬ。誰かがここに忍びこみ、氷を砕いて、あの女を連れ出したに違いない」

「し、しかし、月夜公様、それならば滝水が逃げたものどもに臭いをつけるはず。そのような臭気はまったくいたしませぬ」

「それもありえぬことじゃ！　ここより何かを持ち出せば、たとえそれが一粒の小石であろうと、水にかけた術が働く。まして、罪人を連れ出すとなれば、なおさら見逃すはずがない。吾自らがそのように術をかけたのじゃ。吾の術が破られるとしたら……それはこの仕組みをよく知るものの仕業であろう」

はっと、全員が息をのんだ。氷室に満ちる寒さよりも冷え冷えとしたものが、その場を侵していく。

いたたまれずに顔を伏せる烏天狗達に、月夜公は今度は静かに言った。

「百七番の罪人を連れ出したのが誰であれ、そやつは時をかけたはずじゃ。念入りに下見をし、計画を練り、準備をしたはず。牢番、おるかえ？」

「は、はい。私でございます」

がたがたと震えながら、雀丸が進み出た。

「で、ですが、私は誓って潔白でございますし、怪しい輩を、と、通したことはございません。あの滝に、ち、ち、近づけたことも……」

必死で弁明する雀丸を、月夜公はまっすぐ見つめていた。やがて、うなずいた。

「おぬしは真実を申しておるな。もうよい。疑いは晴れたぞえ」

「あ、あああ……」

気が抜けたように、雀丸はへたりこんだ。

月夜公は他の面々に目を向けた。

「牢番はもう一人いたはず。誰じゃ？　進み出よ。話を聞きたい」

あっと、雀丸が顔をあげた。

「なんじゃ？」

「あ、あの……ろ、ろ、牢番の颪丸は、あ、あの、休みをとっております。風邪をひいたとかで……」

「いつから休んでおる？」

「も、もう十日あまりになるかと。し、しかし、恐れながら申し上げます。あいつは、いえ、颪丸は怪しまれるようなものではございません。氷牢の見回りも、私よりもずっと熱心でした。毎日、何度となく中に足を運んでいたくらいでして」

だが、雀丸の言葉に、月夜公はいっそう険しい顔となった。

「日に何度となく、とな。……出てきた時の様子はどうであった？」

「そういえば、少し呆けたような顔をしていたような。い、いつもではありませんが、目がいやにぎらついて見える時もありました」

それだけ聞けば十分だと、月夜公は身を翻《ひるがえ》した。

「これより颪丸の家へ行く！　手の空いているものは全員まいれ！」

「は、ははっ！」

月夜公に続き、烏天狗達はいっせいに出口へと向かう。自分達はどうしたらいいのだろうと思いつつ、右京と左京もあとに続いた。

滝を出たところで、上空から飛黒が舞い降りてきた。

「月夜公様！　知らせを聞き、急ぎ戻ってまいりました！　脱獄というは、まことでございまするか？」

「そのようじゃ。よいところに戻ってきた。牢番の颪丸が不審な動きをしていたようじゃ。取り急ぎ、やつの身柄を押さえる。おぬしも共にまいれ」

「か、風丸が？」

動揺のあまり、飛黒はぐらりとよろめいた。

「あれはひどくまじめな若者で、そのような大それたことをするとは……」

「怪しいものは誰であろうと調べる。それに、まじめであろうと、罪を犯さぬとは限らぬ。……脱獄したのは百七番の罪人じゃ」

ぎょっとしたように、飛黒は目を見張った。

ひどく苦い顔をしながら、「まいるぞ！」と、月夜公は飛び立った。

飛黒もそれに続こうとしたが、ここで双子に気づいた。

「おまえ達！　いたのか！」

「ち、父上！」

駆けよる双子に、飛黒は先手を打つように厳しく言った。

「こたびは連れていけぬぞ。おまえ達は家に……いや、弥助のところへ行け。今日は津弓君も弥助のところにおいでだ。一緒に預かってもらえ。よいな？」

「は、はい」

「お、お気をつけて、父上」

「大丈夫だ。さあ、おまえ達は早く行け」

そう言って、飛黒は翼を広げ、月夜公達のあとを追っていった。

残された双子は、がくがくと膝が震えていた。途方もない出来事に、まだ心と体がついていかないのだ。胸がどきどきして、苦しかった。

「う、右京は怖いです、左京」

「左京もです、右京。……とにかく、ち、父上の言いつけどおりにしましょう」

「そ、そうしましょう」

互いを支え合うようにしながら、小さな烏天狗達は飛び立った。


奉行所近くには一本の大杉がある。それこそ天にも届くかと思わせるような大樹だ。

この巨大な木の枝には、これまた小屋ほどもある瓢箪《ひょうたん》がいくつもぶらさがっており、独り者の烏天狗達はその瓢箪の中をくりぬき、住まいとして使っている。言わば、この大杉は烏天狗の長屋であった。

そして今、大杉からぶらさがる瓢箪の一つを、月夜公をはじめとした奉行所の烏天狗達が取り囲んでいた。

「風丸。出てきませい！」

飛黒が呼ばわっても、瓢箪の中から返事はない。

「かまわぬ！　踏みこめ！」

月夜公の命に、二名の烏天狗が中に突入した。だが、すぐに顔を出してきた。

「おりませぬ！」

「もぬけの殻でございまする！」

「うぬ！　逃げられたか。皆は周囲に聞きこみをせよ！　風丸を見かけたものからは、徹底的に話を聞きだすのじゃ！」

即座に命じたあと、月夜公は飛黒を連れて、瓢簞の中に入った。

中は雑然としており、いかにも独り者所帯に見えた。ぐしゃぐしゃに丸められた布団に、無頓着に放り出された器。何か書き物をしていたのか、床にはこぼれた墨が点々としている。だが、書きつけられた紙はいっさいなかった。

「証拠を残さぬため、燃やしたか、あるいは持ち去ったのか……」

「月夜公様。風丸はしばらくここを留守にしていたようでございます。このほこりの積もりようは、昨日一昨日のものではありませぬ。十日はここに出入りしたものはいないかと」

「では、やつがあの女を連れ出したのは、十日前と考えられよう。そのまま、二人で姿をくらましたに違いない」

「そ、そういえば、風丸は十日前から休みをとっております。最初は身内が身罷《みまか》ったということで休みをとり、そのまま続けてひどく風邪をこじらせたと言って……」

飛黒の顔が歪んだ。一つ、また一つと、風丸の疑わしさが固まっていく。本当にそうだとしたら、同じ烏天狗にとっては身を削られるような恥辱だ。

だが、震えている飛黒にはかまわず、月夜公は目を閉じ、心を鎮めて考え始めた。

「風丸……玄空から聞いた名じゃ。この頃、熱心に勉学に励んでいる若者が、没頭しすぎて書物を汚したと。その書物は……そう。万年氷の術を破る方法が記されていたな。もう一冊は、事件の記録……四十五年前のもの。なんの事件であったか……ああ、そうか!」

かっと目を開いた主を、飛黒は息を詰めて見た。

「何か、思い当たることでも?」

「風丸は恐らく、前もって安全な隠れ家を用意しておいたはずじゃ。罪人を氷牢から連れ出したとしても、連れて逃げるのは難しいからの」

「ああ、確かに。長きにわたって氷に閉じこめられていたものの血肉は、冷えて固まってしまっておりますからな」

「そうじゃ。氷から出されたとしても、あの女が動けるようになるには数日はかかる。風丸も、それはわかっていたであろう。ならば、隠れ家を事前に用意し、あの女をそこへと連れこんだはず。ゆっくりと養生させ、力を取り戻させるためにな」

「しかし、その隠れ家はどこに？」

「風丸は、以前の事件の記録をよく読んでいたそうじゃ。……四十五年前、邪魅《じゃみ》の一派が禁忌《きんき》とされている凶実を大量に盗み出した事件があったであろう？」

「はい。覚えておりまする。凶実。人間の赤子の血肉とよく似た味わいで、一度食らったものは、妖気が増幅するかわりに血に飢えるようになる」

「それゆえ、我らはすぐにやつらを追った。あの隠れ家はじつに巧妙に隠されていた。見つけだすことができたのは、まったくの偶然、幸運としか言いようがなかった。悪党ながら見事なものだと、吾は密かに感心したほどよ」

月夜公の言わんとしていることに、ようやく飛黒は気づいたようだ。

「では、風丸はあそこに？」

「吾の勘ではそうじゃ。恐らく、風丸は記録を読んで、そこがよいと決めたのであろう。そして、わざと記録に水をこぼした。申し訳ないことをした、濡れてにじんでしまった箇所は、自分が責任を持って清書し直す。そう言い残して、まんまと隠れ家が記されている記録を持ち帰り、自らのものにしたのであろうよ」

「では、風丸はあの隠れ家にいるのでございまするね」

「いや、あの記録がなければ、迷うだけじゃ。そして恐らく風丸はそれを焼き捨ててしまっておろう。我らが追うことができぬようにな。……まずは玄空のもとへ行け。玄空なれば、あの書のことを詳細に記憶しておるはず。思い出させ、地図を書かせよ」

「ははっ！」

月夜公も飛黒も風のように迅速に動いたが、それでも風丸達が潜んでいるとおぼしき場所にたどりついたのは、ことが発覚してから一刻ほど経ったあとであった。

そこは黒影《くろかげ》ノ森《もり》と呼ばれる、文字通り黒い影が陽炎《かげろう》のように高くゆらゆらと立ちのぼり、実体のない黒い森を生み出している場所であった。

地を覆うのはこれまた黒いかびで、むせるようなかび臭さが大気に満ちている。ここを好むのは、毛羽毛現《けうけげん》やしろうねりといった、湿気とかびを好物とするあやかしくらいだ。

飛黒が受け取ってきた地図と記録を頼りに、月夜公達は慎重に歩を進めた。なにしろ、影は常にゆらめき、消えてはまた現れる。道しるべになりそうなものは、地面にしかなく、それも黒かびに覆われて、見逃しやすい。

だが、ようよう一人の烏天狗が声をあげた。

「月夜公様！　こちらへ！」

「見つけたか？」

「はい！　これではありませぬか？」

その鳥天狗が指差したのは、なんの変哲もない石に見えた。やはり黒かびに覆われているが、わずかに白い石肌がのぞいている。

「これじゃ。よう見つけた」

月夜公はその石を拾い上げ、二度、地面に落とした。

とたん、周囲の影が大きくゆらめいた。景色がゆるやかに変わり、すぐ目の前に、それまでなかった小屋が現れる。

人骨で組み立てられた小屋は、見るからに殺伐としていた。その忌まわしいたたずまいは、四十五年前とまったく変わっていない。

「ふたたびこれを見ることになるとは……」

飛黒のうめきを聞き流し、月夜公は命を下した。

「取り囲め。中にいるものは、誰であれ逃すな。刃向かう輩には容赦は無用。切り捨てよ」

「風丸も、でございますか？」

「むろんじゃ。できれば生け捕りにしたいが、無理をするつもりはない。……あの女は吾が始末する」

「し、しかし、あの方は月夜公様の……」

「言うな！　それ以上言うたら、おぬしでも許さぬ！」

こちらを射殺さんばかりのまなざしに、飛黒は目を伏せるしかなかった。

「もともと生かしておくべきでなかった女じゃ。……あれを野放しにすることだけはできぬ」

決意を込めてつぶやく月夜公に、若い烏天狗が駆けよってきた。

「月夜公様、一同、位置につきました」

「では行け！　戸という戸を全て蹴破って、中を改めよ！」

「はっ！」

「あの女を見つけたら、吾を呼べ」

「は、はい」

小屋そのものを壊さんばかりの勢いで、烏天狗達はいっせいになだれこんだ。

肩すかしなことに、中には誰もいなかった。蟻《あり》一匹見逃さぬ気構えで探し回ったが、何者かが潜んでいる気配すらも感じ取れなかった。

だが、何もないわけではなかった。

囲炉裏《いろり》にはまだ燃えさしがくすぶっており、奥に敷かれたままの布団には誰かが横たわっていた形跡が残っている。そして、たくさんの獣の死骸が積み重なっていた。どれも血と胆が抜き取られている。

月夜公は吐き捨てるように言った。

「獣の胆《きも》と生き血で、力を回復させたようじゃな」

「月夜公様。この寝床、まだ温こうございまするぞ」

「ああ、匂いも残っておるな。……つい先ほどまでここにいたようじゃ。一足違いであったか」

「戻ってくるかもしれませぬ。このまま張り込みましょうか？」

「いや。もう戻ってはくるまい。それより、急ぎ手配を広げよ。やつらを見つけるまで、休んではならぬ！」

「は、はい！」

ここで飛黒が月夜公の元に近づいてきた。沈痛な顔をしており、左手に大きな灰色の布を、右手には黒い羽根を何枚か握りしめていた。

「月夜公様」

「いかがした？」

「……この羽根は風丸のもの。あちこちに落ちておりました。武具蔵のあせびがなくなったと騒いでいた雷水晶ののみも、あちらで見つかりました。やはり、風丸が加担したと見て間違いないかと」

「そうか……その布はなんじゃ？」

「これも落ちておりました。油がしみこんでおりまする。匂いからして、恐らく水はじきの油ではないかと」

なるほどと、月夜公はうなずいた。

「どうやってあの滝を無事にくぐりぬけたかと、不思議に思うていたが、それで合点がいった。風丸は自分の体に水はじきの油を塗りこめ、同じように油をしみこませたその布で、氷ごとあの女を包みこみ、持ち出したのであろう。なるほど、これならば体に水はつかず、臭気が発生することもない。……憎らしいが、ようも考えたものよ」

「…………」

「そして、ここに女を運び、のみを使って氷を砕いていき、女を外へ出してやったのであろうな」

「しかし、誰にも見咎《みとが》められず、氷漬けのあやかしを運ぶなど……あの奉行所内でそのような真似は不可能なのでは？　たとえ布で覆っていようと、誰かしらに怪しまれたはずでございまする」

「……少し前に、奉行所で腐敗虫《ふはいむし》がわくという騒ぎがあったであろう？」

あっと、飛黒が息をのんだ。

「では、あ、あの時に？」

「恐らくな。あの騒ぎじゃ。どのようなものを運んでいようと、誰の目にも留まるまいよ。考えてみるに、あの虫の卵も、前もって颪丸が仕込んだものに違いあるまい」

「しかし、なぜでございましょうか？　あれほどまじめな、素朴な若者がどうしてこのような……」

泣きそうな顔をする飛黒に、月夜公は答えられなかった。慰めの言葉も思い浮かばず、かわりに叱りつけるように言った。

「嘆いている暇はない。颪丸のことはおぬしのほうがよく知っておろう？　あの女を連れ、颪丸はどこへ逃げると思う？　急ぎ考えよ」

「は、はい」

「とはいうものの……自由に動けるようになったあの女が、颪丸ごとき若造に、素直に従うとも思えぬ。あやつはほしいものを手に入れることしか考えぬ。強欲で、それゆえに残忍で……恨みも忘れることはあるまい。……あれは……いかん！」

突如叫んだ月夜公に、飛黒はぎょっとした。

「つ、月夜公様？」

「津弓じゃ！　あの子が危ない！」

顔色を変えて、月夜公は身を翻した。その目にはかつてない恐怖が浮かんでいた。

七

その日、子預かり屋の弥助の元はにぎやかだった。朝から津弓が「泊まりに来た」と笑顔で走りこんできたかと思えば、そのあとすぐに梅の里の子妖、梅吉もやってきたのだ。

悪たれ二つ星がそろったことに、弥助は首をかしげながら尋ねた。

「なんだ。おまえ達、ここで会おうって、示し合わせていたのかい？」

「違うよ。いきなり月夜公がやってきてさ、弥助んとこに行けって、おいらに言ってきたんだ」

「……俺のところにお泊まりを許したことといい、月夜公、よっぽど津弓のご機嫌をとりたいみたいだな」

一方、久しぶりに会う友に、津弓は大喜びした。

「うわあ、梅吉！　久しぶりぃ！」

「よう、津弓。元気だった？」

「元気だったよ！　ね、遊ぼう！　遊ぼうよ！」

「そうだな。弥助、なんか遊ばせておくれよ」

「いいでしょ、弥助？　あと、弥助も一緒に遊ぼうよ」

きゃあきゃあとしがみついてくる子妖らに、弥助は苦笑いした。千弥がいなくて幸いだ。いたら、「弥助に迷惑をかけるんじゃないよ」と、子妖らを引きはがしていたことだろう。

「そうだなぁ。千にいは按摩《あんま》で佐和《さわ》のご隠居のところに行っているから、まだ当分は戻らないだろうし……おまえ達、人間の目に映らないようにできるか？」

「そりゃできるよ」

「津弓もできるよ」

「それなら……祭りにでも行ってみるか？　ちょうど近くの神社でやってるんだ。出店がいっぱいあって、神輿《みこし》もあるし、楽しいぞ」

「行く行く！」

「うわあ、お祭りぃ！」

はしゃぐ梅吉を肩に乗せ、津弓の手をしっかりと握って、弥助は祭りへと向かった。

神社の周辺は、すでに人でごったがえしていた。人々の汗と笑顔がはじけ、熱気となってその場を満たしている。

その迫力に、妖怪である津弓達はたじろいだようだった。だが、弥助が団子や飴を買ってやると、すぐに夢中になって頬張りだした。

そうこうするうちに、神輿がやってきた。褌《ふんどし》姿の男達が、「えいや！　おう！」と声も高らかに運んでくる。それがまたいっそう、人々を沸かせた。

すごいと、津弓が感極まった声をあげた。

「ん？　何がすごいって？」

「人。人間が集まると、こんなに力が生まれるんだね。すごいね、弥助」

「ほんとだよ。おいらも、人の祭りがこんなだなんて、知らなかった。連れてきてくれて、ありがとな、弥助」

「喜んでもらえて、なによりだよ」

飽きるまで神輿を見て、出店を残らずのぞいて。

そのあと、三人は太鼓《たいこ》長屋へと戻った。

人ごみを歩き回ったせいか、それとも人の気にあたったのか、子妖達は少しくたびれたようだ。だが、夕暮れまで昼寝すると、また元気になった。

その頃になってもまだ千弥が戻ってくる様子はなかったが、弥助は気にしなかった。佐和のご隠居に呼ばれた時は、だいたい長く引きとめられる。今回もそうだろうと、弥助は先に夕餉《ゆうげ》を食べてしまうことにした。

「これから晩飯にするけど、梅吉も食べていくか？」

「うん。そうしたい」

梅吉は迷わずうなずいた。

「夕餉は何、弥助？」

「茶漬けと漬物。昼間、たらふくおやつを食べたから、そのくらいにしといたほうがいいと思ってさ」

そうして三人仲良く梅茶漬けをすすっていた時、烏天狗《からすてんぐ》の双子《ふたご》、右京と左京が転がるように飛びこんできたのだ。

ひきつり青ざめた双子の顔を見た時は、何事かと焦った。ともかく落ち着けと、弥助は二人に水を飲ませ、震えがおさまるまで抱きしめてやった。津弓と梅吉は、そんな二人を心配そうに見つめる。

ようやく息と動悸がおさまってきたのか、双子はぽつぽつと語りだした。

妖怪奉行所の氷牢に行ったこと。そこの氷柱がなくなっていたこと。罪人が脱獄し、どうも牢番の烏天狗が一枚嚙んでいるらしいこと。

まさかの大事件に、津弓も梅吉もぽかんと口を開けた。弥助は弥助で、妖怪達の間でも脱獄があるのかと、妙なところで感心してしまった。

「逃げたやつってのは、どんな罪人なんだろうな。おまえ達は知らないのかい?」

「知りませぬ」

「月夜公様は、百七番の罪人とだけおっしゃっておられました」

「そうか。でもさ、月夜公が青ざめたくらいなんだろ? ってことは、相当な悪党ってことだ。……早く捕まるといいよな」

「はい」

「ともかくさ、のんびりしな。そうだ。おまえ達も茶漬けを食うかい?」

「いえ、我らは今は……」

「お水だけで十分でございまする」

「そうか。できるなら、ちょっと寝たほうがいいかもな」

ここで「ごめんくださいまし」と、ふたたび戸が開き、女妖の玉雪が入ってきた。すでに日が暮れたあとなので、人の姿をとっている。

部屋の中を見るなり、玉雪は目を見張った。

「おやまあ。今夜はにぎやかでございますねぇ」

弥助に津弓、梅吉、双子、それに玉雪が加わったことで、狭い部屋はいっぱいいっぱいだ。それでも、肩をよせあうようにすれば、全員座ることができた。

玉雪が差し入れてくれたぼた餅を食べながら、話に花を咲かした。話題となったのは、もちろん脱獄騒ぎのことだ。

「ああ、そのことならもう知れ渡っておりますよ。どこもかしこも、あのぅ、大騒ぎしていて」

まるで烏の群れのように、烏天狗達が飛び交って探していると、玉雪は話した。

「逃げたやつのこと、玉雪さんは聞いた？」

「あい。少しだけですけど。逃げたのは女のあやかしで、あのぅ、見た目はたいそうきれいだとか」

「でも、悪いやつなんだろ？」

「それはもう。とても残忍だとのことでございます。それに、変化《へんげ》がうまいそうだから、あのぅ、とにかく気をつけなくてはいけないと。弥助さんも気をつけてくださいまし。知らないあやかしが来ても、あのぅ、むやみやたらと招き入れてはいけませんよ」

「そう言われてもなぁ。俺、子預かり屋だし、知らない相手だからって、やってきたお客を追い返すわけにもいかないし。ちょっと難しいなぁ」

弥助は腕組みして考えこんだ。

と、その肩の上に乗っていた梅吉が、てんで関係ないことを言いだした。

「それはそうと、玉雪さん、着物を替えたんだね」

以前の玉雪は柿《かき》色の地に赤い南天模様の着物を着ていたのだが、今は藤模様のついた黒い着物姿だ。黒地がきりりと美しく、色白の玉雪によく似合っている。

「あい。これは久蔵《きゅうぞう》さんのお見立てなんですよ。去年の冬の猫首《ねこくび》騒動に巻きこまれて、あのぅ、前の着物はなくすはめになってしまって。そうしたら久蔵さんが、あのぅ、これを贈ってくださったんですよ」

「久蔵さんって、あの初音姫の旦那になった人だね。へえ。いい見立てじゃないか。前の柿色の着物も悪くなかったけど、今のやつのほうがずっと粋だね。なんかきれいに見えるよ」

「いやですよ、梅吉さん」

嬉しそうに恥ずかしそうに、玉雪は頬を染めた。

「確かによく似合ってるよ。久蔵のやつ、元女たらしなだけあって、女物のことにはやたら目が肥えてるんだよな。他はほとんど節穴だけどさ」

久蔵を天敵としている弥助が、憎々しげにつぶやいた時だった。慌ただしい声が外から響いてきた。

「ごめんくだされ！　妖怪奉行、月夜公が配下のものでございまする！　急ぎの用でございまする！　開けてくだされ！」

なんだ、と弥助はすぐに戸口に飛んでいった。

戸を開けてみると、外には烏天狗が立っていた。小太りで、弥助が会ったことのない相手だ。

肩で息をしながら、烏天狗は狂おしげな目を弥助に向けてきた。

「子預かり屋殿でございまするな？　津弓君《ぎみ》はどこでございまする？　至急、津弓君を連れて戻れとの、月夜公様の命令でございまする」

「そ、そうなのかい？」

「はい。どうか津弓君を。一刻も早く、月夜公様の元へお連れせねばならぬのでございまする」

緊迫した声に、弥助まで焦ってきた。

「すぐに連れてくるよ。おい、津弓。帰る支度をしろ」

「えぇぇ、なんで？　叔父上は明日まで泊まっていいと、言ってくださったのにぃ」

「そう言うなって」

ふくれっつらとなる津弓を、弥助はなだめた。

「なんか一大事みたいだ。月夜公のところにいたほうがおまえは安全だよ」

「でも、つまらないもの。せっかく弥助や梅吉に会えたのに。やだなぁ。帰りたくないよぉ」

津弓はごねて、床にころりと転がった。

と、外にいる烏天狗が、苛立ったような声をあげてきた。

「急いでくだされ。一刻を争う事態なのでございまするぞ！」

「ほら、津弓。迎えが来ていることだし、今夜はとりあえず帰りな。脱獄した悪いやつがうろついているらしいし、月夜公も心配なんだろうさ。今度またゆっくり来ればいいじゃないか」

「でもぉ……」

「そうだ。右京、左京、おまえ達も津弓についていってやってくれないか？　一人だと、こいつ、寂しがるから」

「承知いたしました」

双子はすぐにうなずいた。

「ね、津弓君。我らがお供いたしまする。ですから、月夜公様の元にまいりましょう」

「ほらほら、まいりましょう」

そう言って、双子は先に戸口へと飛んでいった。だが、外にいる烏天狗を見るなり、ぴたりと動きを止めたのだ。

固まる二人に、弥助は違和感を覚えた。

「おい、どうした？　右京？　左京？」

だが、双子は答えない。ただじっと前を、敷居の向こうに立つ小太りの烏天狗を見つめている。

やがて、ささやくように右京が言った。

「我らを覚えておられまするか？」

「え？　あ、いや……」

「我らは覚えておりまする」

今度は左京がささやいた。

「あなたは、釣鐘《つりがね》ヶ淵《ふち》に雷《かみなり》水晶《ずいしょう》のみを運んでこられた烏天狗。みんなはあなたを、風丸と呼んでおられた」

何っと、弥助は目を見張った。

風丸とは確か、今逃亡中の烏天狗ではなかったか？　牢番でありながら、脱獄に手を貸したという烏天狗の名ではなかったか？

にっと、小太りの鳥天狗が笑った。同時に腕を高く振り上げる。

ぞっとするような寒気を感じ、弥助はとっさに前に飛びだした。両腕に双子を抱え、自分の身で庇《かば》った。

直後、何かが引き裂かれるような鈍い音がして、温かい血が飛び散った。だが、それは弥助のものではなかった。

「玉雪さん！」

玉雪だった。弥助達の前に仁王立ちとなり、鳥天狗の攻撃の全てを受けたのだ。

小柄な女妖はそのまま崩れるように倒れた。どくどくと、血が土間に広がっていく。

「し、しっかりして！」

玉雪にとりすがる弥助の後ろで、子妖達がいっせいに悲鳴をあげだした。

弥助も悲鳴をあげたかった。怖かったし、わけがわからなかった。

なぜ？　なぜだ？

とにかく血を止めようと、玉雪の傷を懐《ふところ》にあった手ぬぐいで押さえた。だが、薄い手ぬぐいは見る間にじっとりと濡れていく。あふれる赤が、弥助の指や手にも染みこんでいく。

大事な人の命が自分の手からこぼれ落ちていくような感覚に、心底恐怖した。

そこの長持から布団を出せと、子妖達に叫ぼうとしたところで、弥助は例の烏天狗が中に入ってこようとしていることに気づいた。

弥助が子預かり屋となった時から、この部屋には妖怪奉行所による結界が張りめぐらされている。やってくる妖怪の姿が他の人間に見られないようにするためであり、そして邪気をまとうものを入れないためでもある。

その結界が今、破られようとしていた。

じわじわと、見えない壁を押しやるように、烏天狗は前に進んできていた。だが、無傷というわけにはいかないのだろう。その黒い羽毛が、肌が、めくれ引きはがされ、ぼろぼろと汚らしい布のように下へ落ちていく。そうして白玉のように白い肌があらわとなっていくのを、弥助も子妖達も驚愕の目で見つめていた。

ついに、それは長屋の中に入ってきた。その時には烏天狗の皮はかぶりもののごとく剥ぎ取られており、そこに立ったのは若い女のあやかしだった。

ほっそりとした優美な姿に、しなやかな首。豊かな髪は長くそのままに流しており、ぬめる肌が白梅のような薫香を発している。

その顔立ちはじつに美しかった。美しく、そして妖艶《ようえん》だ。むせんばかりの色香がしみだしている。ふっくらとした唇は赤く、切れ長の目にはめこまれた瞳も鬼灯《ほおずき》のように赤かった。まとっているのが深紅の衣ということもあり、また肌が白すぎるほど白いこともあり、その赤い目はより鮮やかに、艶やかに際立っている。

後ろでは白い狐のような尾が二本、陽炎《かげろう》のように揺れていた。その動きすら艶《なま》めかしかった。

だが……。

千弥や月夜公、王蜜の君に匹敵する美貌を前に、弥助はなぜかぞっとした。

これほどの美女にはそうそうお目にかかれまい。しかも、媚びることをいっさいしない千弥達とは違い、この女妖は愛らしく笑みをふりまいている。しぐさの一つ一つに、はっとさせられるようなものがある。それらがどれほどの威力を持っているか、まわりのものの心をどれほどかき乱すか、よく知っているうえで、あえてふりまいているのがわかる。

この女の中には底知れぬ闇と毒がある。

そう感じた。

一方、女妖ははなから弥助を見てはいなかった。その赤い目は、ひたと幼い津弓へ向けられていた。

牡丹《ぼたん》の花がはじけるかのように、女妖はにっこりと笑った。

「おまえが津弓なのですね。会えて嬉しいですよ、津弓」

「う……」

「まあ、わたくしがわからないのですか？　そんな怯えた顔をせずとも大丈夫ですよ。わたくしはおまえと同じ、王妖狐《おうようこ》族のものなのですから」

弥助は思わず津弓を見た。

「そうなのか、津弓？」

「し、知らない。知らないけど……確かに叔父上と同じ匂いはするよ」

「そうです。わたくし達は血のつながりがある身内なのですよ」

いらっしゃいと、女妖は手を差し出した。にこやかに親しげに、笑顔が深まる。

「叔父上の元に連れていってあげます。わたくし達が手をつないでやってきたら、あの方はたいそうお喜びになりますよ」

「な、なぜ？」

「なぜって、わたくしはあの方の妻になる女ですから。そうなれば、津弓、あなたはわたくしの子も同然になります。そのわたくし達が仲良くすれば、それだけ月夜公様はお喜びになるのです。わかるでしょう？」

「叔父上の、奥方……本当に？」

「そうですとも。わたくし以外の誰が、あの方にふさわしいでしょう？　わたくし達は一対なのです。さあ、おいでなさい。行きましょう」

驚き固まっている津弓のかわりに、弥助が立ちあがって、女の手を払いのけた。

「ふざけんな」

弥助は必死で声をしぼりだした。本当は怖くて、腰から下が砕けてしまいそうだった。

だが、同じほど怒ってもいた。

血に染まった手でこぶしを作り、相手に向かって突きつけた。

「あ、あんたが月夜公の奥方になるあやかしだろうと、ここじゃ関係ない。ここは子預かり屋なんだ。玉雪さんを平気で傷つけるようなやつに、子供を渡せるもんか。帰れ！」

はっとしたように、津弓が女を睨《にら》んだ。

「そ、そうだよ。玉雪を傷つけるなんて！　津弓、嫌い！　あなた嫌い！　帰って！」

「そうだそうだ。帰れよ！」

「お帰りくださりませ」

「帰ってくださりませ」

梅吉、それに右京と左京も叫びだす。そんな子供らに、ちらりと、女妖は不快そうな気配を目にひらめかせた。

「生意気な子は嫌い。下賤《げせん》な人間は特に」

静かに歌うようにつぶやく女妖の、その手がゆっくりと上にあがった。

まずい。

危険を感じたが、弥助は指一本動かせなかった。女がこちらを見たからだ。じんわりと赤く輝く目に、たちまち全ての動きを封じられ、頭すら痺れてしまった。

いつの間にか、女の指の先に長い爪が生えていた。真っ赤な爪だ。あれに貫かれるのだと、弥助は他人事《ひとごと》のようにぼんやりと思った。

目の端には、子妖達の姿が入っていた。みんな怯えながら、それでも女を止めようと、こちらにやってこようとしている。その動きがやたらゆっくりとして見えた。

来るな。来ちゃだめだ。

弥助が口を開くよりも速く、女が弥助に爪を突き立てようとした。しかし、その爪先が届くよりも速く、何かが疾風《しっぷう》のように部屋に飛びこんできたのだ。

女を跳ね飛ばし、弥助を抱きしめたのは、千弥だった。

「せ、千にい！」

「弥助！　大丈夫かい？　ああ、大丈夫なのかい？」

「だ、大丈夫だよ」

「でも、血の匂いがするじゃないか！　どこを怪我したんだ？　どこなんだい？」

「違うよ。これ、玉雪さんの血なんだ。あ、あの女に襲われて……」

真っ青だった千弥の顔が、ぴりっとひきつった。

弥助を背に庇いながら、千弥はゆっくりと女のほうを向いた。ぞわりと、弥助のうなじの毛が逆立った。

怒っている。それはもう壮絶に怒っている。

これほど激怒した千弥は、見たことがなかった。月夜公とやりあった時ですら、本気ではなかったのだと、弥助は知った。あれはじゃれあいのようなものだったのだと、今この姿を見ればわかる。

剃りあげた頭から立ちのぼるのは、湯気などという生易しいものではない。青白い春雷のような気だ。それは全身からもほとばしっている。まぶたは閉じたままだが、そこから漏れる殺気のすさまじさといったらない。

自分に向けられたものではないとわかっているのに、弥助は腰が抜けてしまいそうだった。子妖達にいたっては、とっくに腰を抜かして、それぞれ床にへたりこんでしまっていた。

一方、千弥に跳ね飛ばされた女妖は、すでに身を起こしていた。だが、その顔は千弥に負けず劣らず青ざめていた。余裕たっぷりの笑みが消え失せ、豊かな唇がわなないている。

動揺もあらわに、女妖はかすれた声で叫んだ。

「おまえ……白嵐《びゃくらん》!」

昔の名、大妖であった頃の名を呼ばれ、千弥は一瞬たじろいだ。

「誰だい、おまえ?」

「……わたくしは紅珠《こうじゅ》」

「知らない。おまえの気配や匂いにも覚えはないね」

「そう。……でも、わたくしはおまえを覚えている。そしてよく知っている。忘れるものか。あの方に付きまとい、あの方の寵愛《ちょうあい》をほしいままにしながら、あの麗《うるわ》しいお顔に傷をつけた忌まわしきあやかし」

ぎりりと、女妖の赤い唇がひきつれ、真っ白な歯が硬く耳障りな音を立てた。もとが美しいだけに、非常に醜悪な形相だ。

だが、目の見えぬ千弥はいささかも動じなかった。

「何を言ってるのか、さっぱりわからないが……とにかく許さないよ。私の弥助に……何をしようとしていた?」

「許さないとはこちらの台詞。こんなところでおまえのその憎らしい顔を拝むことになろうとは……でも、嬉しい」

ふたたび女妖は笑った。ほくそえんだその顔は、弥助にはいっそう恐ろしいものに見えた。

「気が変わった。津弓は今はいらないわ。それより、その子がほしくなった」

女妖が指差したのは、弥助だった。

「どういうわけか知らないけれど、今のおまえはその人間の子が大事なのね、白嵐。愛しくて愛しくてたまらないのでしょう？　なら、その子を奪ってやるわ。わたくしの苦しみを、少しでも味わわせてやる。せいぜい守ることね。そのほうが、わたくしの狩りも楽しくなる。おまえが必死になれば必死になるほど、うま……」

最後まで言わせるのも腹立たしかったのだろう。千弥は突然、按摩に使う太い針を懐から放った。狙いは正確だったが、女はすっと身を消して、全てをかわした。

「待て！」

「近いうちに、その子を迎えに来るわ、白嵐。楽しみにしていなさい」

ねっとりとした笑い声だけを残し、女妖の気配は薄れていった。

その直後、「津弓！」と、月夜公が姿を現した。

八

「あれは吾の遠縁だ。名を紅珠という。……吾の許嫁《いいなずけ》になるかもしれなかった女じゃ」

津弓を膝の上に抱きかかえながら、月夜公は静かに語りだした。

「引きあわされた時、あれは吾よりも少し年上で、すでにその美しさで多くのあやかしの心をとろかしていたという。値千金のまなざしと、そう謳《うた》われていたそうじゃ」

「そんな女がいたなんて、全然知らなかったね」

「吾もじゃ」

憮然とつぶやく千弥に、苦々しげに月夜公はうなずいた。

「吾は紅珠のことを知らなかったし、初めて会うた時もなんら興味もわかなかった。同じ一族の娘かと、ただそう思っただけじゃ。当然ながら、許嫁云々の話になろうはずもなく、それは立ち消えになった。じゃが……紅珠は吾に執着した。空恐ろしいほどの情念でな」

それからの紅珠は、頻繁に月夜公の屋敷にやってきては、月夜公の父母にたくみに甘え、取り入るようになったという。

だが、月夜公は気にもとめなかった。その頃の月夜公の目に映るのは、最愛の双子の姉と、友であるあやかしの姿だけ。その二人のこと以外はどうでもよかったのだ。

しかし、刻々と事情は変わっていった。

最愛の姉は月夜公の元を離れて嫁ぎ、唯一無二の友は敵へとなりはてた。やがて姉は産《さん》褥《じょく》で亡くなった。それから間をおかず、敵も月夜公のそばから消えた。月夜公自身の手で、人界に追放したのだ。

紅珠が動いたのはその時だった。

「あの女は、自分と吾を夫婦にするよう、吾が父と母に迫ったのだ。姉上を亡くし、赤子の津弓を育てる吾には、今こそ自分が必要だと言うてな。じゃが、その時の吾はすでに妖怪奉行であり、一族の長でもあった。いかな父と母でも、吾に無理強いすることはできぬ。それに、吾が伴侶を欲しておらぬことを、二人はよく知っていた。……断った父と母を、逆上した紅珠は殺したのじゃ」

大罪を犯した紅珠は捕えられ、返り血がついたままの姿で、月夜公の前に引きだされた。

「その時初めて、吾は紅珠のことをまともに見た気がした。紅珠もそれに気づいたのであろう。さも嬉しげに笑いかけてきたわ。あの笑みはいまだに忘れられぬ」

だが、親の敵《かたき》である紅珠を、月夜公は処刑しなかった。紅珠の両親が命乞いをしてきたからではない。氷漬けの刑に処したほうが、誇り高い王妖狐《おうようこ》にとって、死よりも苦痛な屈辱になろうと思ってのことだ。

この先、永久に惨めな姿をさらし続ければよい。

憎しみと蔑みを込めて、月夜公は自らの手で術をかけた。その間も、紅珠は月夜公から目を離さず、愛しげに微笑《ほほえ》み続けていたという。

「これは吾の手抜かりじゃ。氷漬けなどという甘い処分ですますのではなかった。……あれは心をたぶらかすのに長《た》けた女じゃ。笑顔で術を受けたのも、いずれは誰かの心をつかみ、自分を救い出すように仕向けるためであったに違いない……そのせいで一人の烏天狗《からすてんぐ》が罪に堕ち、さらには命を失った」

重い声音《こわね》に、弥助、それにその場に残っていた子妖達は、そろって同じものを思い浮かべた。

紅珠が最初にかぶっていた烏天狗の皮。

ぼろ布のごとく剝がれ落ちたあれは、すでに月夜公の命で飛黒がどこかに持ち去っている。あれが風丸のなれの果てというのは、まず間違いないだろう。

「ひえええ……」

梅吉がおぞましげにか細い声をもらした。

とんでもないねと、千弥も顔をしかめた。

「自分を氷から出してくれた恩人を、利用するだけ利用して、最後には殺して、皮をかぶったってわけかい。そのまま身をやつして逃げればいいものを、わざわざここへ来た。津弓を手に入れるために。おまえの身内にしちゃたちが悪すぎるね、月夜公」

「あれを身内と思うてはおらぬ。あれは……あやかしとすら言えぬものじゃ」

苦虫を千匹も噛みつぶしたような顔をする月夜公に、弥助は尋ねた。

「一つわからないんだけど、なんで津弓を迎えに来たのかな？　人質にするため？　それとも津弓を手なずけて、懐《なつ》かせて、月夜公に取り入ろうとしたとか？」

「津弓、そんなことしないもの！　玉雪を傷つけたあやかしに、懐いたりなんかしないもの！」

憤慨する津弓の頭を撫でてやりながら、月夜公はかぶりを振った。

「違うな。あの女のことじゃ。津弓を手に入れていたら、さっそく残酷に引き裂いて、吾の元に首を運んできたであろうよ」

「あんたに好かれたいと思っているのに？　そんなことをしたら、逆に憎まれるって、わかんないのかい？」

「吾に好かれたいと思うよりも、吾を独占したいという気持ちのほうが強いのじゃ、あの女は。吾のまわりに誰もおらねば、吾が見るのはあの女のみとなる。そういう考え方しかできぬのじゃ。じゃからこそ、吾の父と母を殺し、こたびは津弓に目をつけたのじゃ。吾の命ともいえる津弓にな」

津弓は「怖いです」と、叔父の首にかじりついた。大丈夫だとその背中を撫でてやりながら、月夜公は弥助を見た。珍しくその目は優しかった。

「とにかく、弥助には礼を言う。よく津弓を渡さずにいてくれた。津弓の命の恩人じゃ」

かたじけないと頭を軽く下げる月夜公。違うよと、弥助は慌てて首を横に振った。

「俺じゃない。本当に守ったのは玉雪さんだよ」

弥助は、奥で横たわる玉雪を見た。千弥、それに月夜公が手当てをほどこしてくれたので、すでに顔色はだいぶよくなっている。まだ気を失ったままだが、じきに目を覚ますことだろう。

あの時の大量の出血を思い出し、弥助はまた目頭が熱くなった。玉雪がいなければ、弥助はもとより、津弓、他の子妖達がどうなっていたかわからない。

「津弓だけじゃない。俺のことも、他の子達のことも、命がけで守ってくれたんだ」

「ああ、そうだったのかい。それじゃよくよく礼を言わなくちゃ」

「吾が先じゃ。そこをどけ、白嵐」

「冗談じゃないね。そっちこそ遠慮おしよ」

そのあと目覚めた玉雪こそ、いい迷惑であった。千弥と月夜公がそれぞれ自分の手を握り、「よく弥助を」「よくぞ津弓を」と、口々に礼を言ってきたのだから。その迫力、異様さに堪えきれず、玉雪はまた気を失ってしまった。

ぐんにゃりとなる玉雪に、月夜公は舌打ちした。

「なんと。これでは礼すらできぬではないか」

「おまえの怖い目付きに怯えたんだよ。ちょっとは優しい顔でもするんだね」

「うぬがそれを言うか！」

目を剝く月夜公に、千弥はそれまでとは違う静かな声音で言った。

「それよりこれからどうするんだい？」

「これから？」

「あの女のことさ。……あいつはどうも私を憎んでいるようだった。私を苦しませるために弥助を狙うと、そうはっきり言ったんだよ」

「そんな真似は決してさせぬ」

月夜公は断言した。

「先ほども言うたが、あの女を生かしておいたは、吾の誤りじゃ。同じ間違いは二度とせぬ」

「それじゃおまえの面子《メンツ》にかけても捕えると、そう約束するんだね？」

「むろんのことじゃ」

「ふん。それだけ聞けば十分だ。子妖達を連れて帰っておくれ。弥助を休ませなくちゃならないんでね」

「言われずともそうするわ。さ、津弓。帰るぞえ。双子、それに梅吉もついてまいれ。それぞれ家に送ってやろう」

気を失ったままの玉雪を軽々と抱え、子妖達を引き連れ、月夜公は去っていった。

一気に広くなった部屋の中で、千弥は弥助に微笑みかけた。

「大丈夫だよ。あの女がどんなこずるいやつであろうと、弥助、おまえには指一本触れさせない。たとえ月夜公の手を借りなくたって、おまえを守る方法はいくらでもある。……必ず守るから、安心しなさい」

その時の千弥の微笑みは、阿弥陀如来《あみだにょらい》のごとく神々しく美しかった。

だが、弥助が覚えたのは不安だった。急に千弥が遠くに感じられたのだ。

いったい、何を考えているのだろう？　自分を守るためであっても、無理はしてほしくない。
だが、そう言い募る弥助に、千弥は笑うばかりで何も話そうとしなかった。
時は水無月《みなづき》。不穏な気配が、雨の匂いと共に忍びよりつつあった。

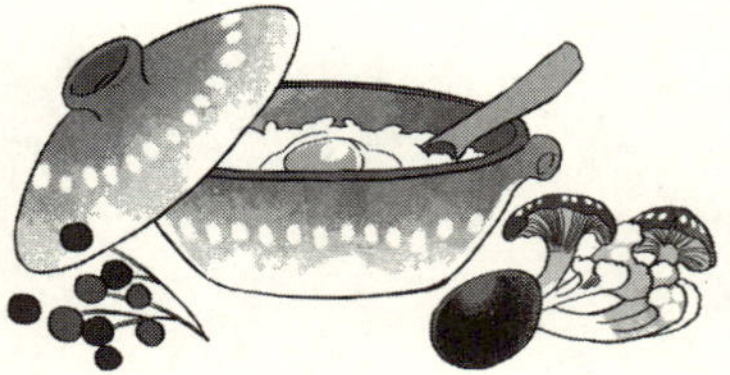

蛇《へび》の乳母《うば》、薬膳鍋《やくぜんなべ》に奔走す

一

華蛇族《かだぞく》の姫にして人間の男に嫁いだ初音《はつね》は、懐妊《かいにん》してからというもの、ひどいつわりに悩まされていた。

立っていられない。横になってもいられない。眠れない。

もちろん、ものも食べられなかった。重湯《おもゆ》をすするのがやっとだ。

気持ちの悪さにのたうつ初音に、夫の久蔵《きゅうぞう》はもちろん、乳母《うば》である萩乃《はぎの》も心配し、少しでも楽にしてやれないかと、あれこれ手を尽くした。

その甲斐《かい》あってか、水無月《みなづき》に入ると、初音の体調はようやく落ち着いてきた。

だが、つわりこそおさまったものの、食欲や元気はいまだに戻らず、顔は青白くやつれたままだ。

萩乃は身をもむほどに心配した。腹の子ももちろん大切だが、なによりもまず初音自身に健康を取り戻してもらいたい。そのためには、何かうんと滋養のあるものを食べさせなくては。

いったん、初音のそばを離れ、萩乃は華蛇族の屋敷へと向かった。そうして、出迎えた下働きの蛙、青兵衛《あおべえ》に言ったのだ。

「青兵衛、供をなさい」

「へ？　ど、どこに行かれるのでございやすか？」

「あちこちです」

「あちこち？」

「姫様のために薬膳鍋《やくぜんなべ》を作るのです。そのための食材を集めるのです」

なるほどと、青兵衛は合点のいった顔をした。

「しかし、それなら萩乃様がわざわざ出向かなくとも。手前どもに言いつけてくだされば、ようございやしょうに」

「いいえ、他ならぬ姫様のためなのです。今回はわたくしの手で食材を集めます」

「……それでしたら、久蔵殿もお誘いになってはいかがでございやしょう？」

「とんでもない。あんな男、足手まといになるだけです」

萩乃は苦々しげに顔を歪めた。姫の夫、久蔵は、いまだに萩乃にとっては「気に食わぬ男」なのだ。

「さあ、ぐずぐずしてはいられませんよ。ついていらっしゃい、青兵衛」

「へ、へい！」

大きな背負い籠を青兵衛に背負わせ、萩乃はまず王蜜《おうみつ》の君《きみ》の元を訪ねた。

王蜜の君は、屋敷の自室で遊んでいるところであった。その部屋は広く、漆黒《しっこく》の闇に満たされており、何十という火の玉が蛍《ほたる》のように浮かんでいた。火の玉はどれも色が違い、鮮やかに狂おしげに焔《ほのお》をふきあげている。

猫のあやかしの王、王蜜の君は、そんな火の玉を気まぐれにつかんでは、お手玉のように投げたり、毬《まり》のように放ったりして戯《たわむ》れていた。

見た目は十歳ほどの女童であるが、傾城《けいせい》のごとき艶《なま》めかしさと圧倒的な覇気《はき》を併せ持っており、全身から放つ輝きもまた、かの月夜公《つくよのぎみ》と並ぶ大妖《たいよう》であることをうかがわせる。その黄金の瞳、雪白の髪は、闇の中ではいっそう際立っており、何度も会ったことがある萩乃ですら目を奪われた。

一方、王蜜の君は客に気づくと、微笑《ほほえ》んだ。

「これはこれは。初音姫の乳母ではないかえ。久しいのぅ」

「いつぞやはお世話になりました、王蜜の君」

「よいよい。堅苦しいことは抜きじゃ。それより、初音姫の具合はどうじゃ？　前に懐妊祝いを届けに行った際には、かなりまいっているようであったが」

「はい。つわりはようやくおさまってまいりました。ですが、まだ弱っておいでで。それで、王蜜の君にお願いがあるのでございます」

「願い？」

「はい。姫様のため、王蜜の君がお持ちの捻虹樹《ねんこうじゅ》の実をわけてはいただけませぬか？」

そんなことかと、王蜜の君は笑った。

「よいとも。いくらでももいでいくがよい」

「ありがとうございます」

「そこのふすまを開けよ。今、捻虹樹のある庭先へと通じさせた。帰りは同じようにふすまを開けるがよい。屋敷の外へ出るように、はからっておくゆえ」

「なにからなにまで」

「なんの。初音姫のことはわらわも好きじゃもの。姫とあのおもしろい婿殿によろしゅうな」

にやっと、今度はいたずらっぽい笑みを王蜜の君は浮かべた。萩乃と久蔵との確執を知っているのだ。

少しひきつった顔をしながらも、萩乃は頭を下げ、青兵衛を連れて指し示されたふすまを開けた。

王蜜の君が言っていたとおり、その先には庭が広がっていた。今は朝だというのに、庭を包むのは常闇《とこやみ》だ。その闇の中、植えられた樹木や草花は妖しい光を放っており、まるで鬼火のように燃えている。

中でも最も目をひくのは、何本もの細いつるがねじれあい、からみあい、一つの木となっているものだった。

捻虹樹だ。

木を作り上げているつるはそれぞれ色が違うため、からみあった姿は確かに虹のように見える。葉は一枚もなかったが、ほのかに淡く輝く白い実がびっしりついた房が、藤の花のようにあちこちからたれさがっていた。

青兵衛が感心したようにつぶやいた。

「へえ、これが捻虹樹でございやすか。噂には聞いていやしたが、確かに美しいものでございやすねぇ」

「ただ美しいだけではありませんよ、この実は血のめぐりをよくする効力があるのです。今の姫様にはなにより必要なものです」

「しかし……萩乃様は薬膳鍋をお作りになりたいのでございやしょう？　これ、鍋に入れて、はたしておいしくなるんでございやしょうか？」

「大丈夫でしょう。さ、もいでいきますよ」

萩乃は腕まくりをして、実をもぎとり始めた。

青兵衛は同じようにしながらも、こっそり一粒、実を口に入れてみた。優しげな色合いに反して、味はなかなか野性味にあふれており、果実というより里芋を思わせた。少しぴりりとしたところは、山椒《さんしょう》のようだ。

なるほど。これなら鍋に入れてもうまいかもしれない。

安心して、青兵衛は実をもいでいった。

七房ほどもいだあと、萩乃は満足げにうなずいた。

「これくらいでいいでしょう」

二人は元来たふすまを開いた。とたん、そこはもう、王蜜の君の屋敷の外であった。

「お次はどこへ？」

「月夜公様の元へ行きますよ」

「げっ……」

「なんです？」

「いえ……大妖の方々に続けて会うというのは、どうも、手前のような小妖には刺激が強すぎると申しましょうか……」

「何を弱気なことを。姫様のためなのですよ」

「へ、へぇ」

しおれる青兵衛を引っ張るようにして、萩乃は王妖狐《おうようこ》一族の長、月夜公の屋敷へと向かった。

今度の目的は、月夜公が飼っているという龍鶏《りゅうけい》だ。その卵は大変おいしく、また滋養もたっぷりあるという。朝に夕に、月夜公は自ら卵を集め、甥の津弓《つゆみ》に食べさせているのだとか。

一つでいいから手に入れたいと、萩乃は切望していた。

卵は初音の大好物でもあるし、初音の弱った体を癒し、腹の子の血肉にもなってくれることだろう。

そういえば、姫の子は男の子だろうか。女の子だろうか。元気に生まれてきてくれれば、どちらであろうとかまわない。でも、あの憎たらしい久蔵は男の子をほしがっているようだから、ここはぜひとも女の子であってほしいもの。

そんなことを考えながら、萩乃は月夜公の屋敷を目指した。

二

屋敷についてみると、ちょうど月夜公が出かけようとしているところであった。冬の三日月のように怜悧《れいり》な美貌に、なにやら張りつめたものが浮かび、声をかけるのもためらわれる様子だ。

だが、萩乃は意を決して呼びとめた。

「月夜公様！」

「ん？　飛黒《ひぐろ》の細君か。いかがした？　何用じゃ？　急いでおるゆえ、きびきび申せ」

萩乃が用件を伝えると、月夜公は心ここにあらずの様子でうなずいた。

「そういうことなら、好きにせよ。本来なら手を貸してやりたいところだが、今はかなわぬ。すまぬが、卵は自分でとってくれ」

くれぐれも気をつけよと言葉を残し、月夜公は慌ただしく飛び立っていった。

青兵衛が首をかしげた。

「いったい、何があったんでございやしょうねぇ。月夜公様があんなふうに慌てなさるとは。……もしかして、脱獄でもあったんじゃございやせんかね」

「これ、青兵衛。めったなことを言うものではありませんよ」

「申し訳ございやせん」

「ともかく、お許しはいただけたことですし、卵をいただいていきましょう。あ、そこのもの。龍鶏の巣はどこにありますか？」

ちょうど通りかかった屋敷の召使に、萩乃は声をかけた。

召使は萩乃達を、大きな蔵へと案内してくれた。

「この中が龍鶏の巣でございます。あの、中に入るのであれば、くれぐれもお気をつけて」

「気をつけろとは、何にです？」

「龍鶏です。とても気が荒いのです」

か細くささやき、召使はそそくさと逃げるように去っていった。

そこで、萩乃と青兵衛はできるだけ音を立てぬように蔵の扉を開き、そっと中をのぞきこんだ。

驚いたことに、蔵の中には森が広がっていた。

「こ、こりゃたまげた！」

「しっ！　これはきっと、月夜公様が妖術で作った森ですよ。龍鶏を飼うために、こうしたのでしょう」

「そ、それにしても、わざわざ森なんて……庭くらいで十分じゃございやせんか？」

「およそ大妖と名がつく方々は、なんでも大がかりにしたいものなのでしょう。なにしろ、力をお持ちですからね。ともかく中に入ってみましょう。龍鶏は気が荒いようですし、出くわすことなく巣にたどりつくのが一番ですよ」

いざという時に邪魔になりそうな背負い籠は蔵の外に置き、二人はそろそろと森の中へ入っていった。

森は豊かで、いたるところに大きな虫がいた。恐らく、これらが龍鶏の餌となるのだろう。

と、青兵衛が一枚の羽根を見つけた。草の中で光っていたそれは、鉄でできているかのように重く、固かった。

「まるで鱗みたいでございやす。……こんな羽根を持つ鳥なんて、いるんでございやしょうか？」

青兵衛のつぶやきに、萩乃は言葉を返せなかった。ちょうどその時、奥の木立からずしずしと、重たい足音が聞こえてきたからだ。

ぱっと、二人は木の陰に隠れた。そして、龍鶏を目の当たりにしたのだ。

それは大きかった。萩乃の二倍の背丈があり、そして柱のように長い。後ろ足二本で立って歩いているから、余計に長く見える。

とかげに似た姿だが、全身は鉄色の羽で覆われており、頭のてっぺんに烏帽子《えぼし》のように生えている長い飾り羽だけが、鮮やかな朱色だ。目は青白く、無慈悲な光がちらついている。歩きながら首をのばし、ばくりと虫を捕えては食べているのだが、その口にはかみそりよりも鋭そうな牙がずらりと並んでいた。

ひえええっと、青兵衛が身震いをした。

「あ、ありゃ鳥なんて代物じゃございやせんよ」

「そ、そのようですね。まさか、こんな生き物だったとは……」

あれは間違っても飼いならされた鳥や獣ではない。虫を食べているが、こちらの姿を見せれば、肉を食らわんと、すぐさま襲いかかってくるだろう。

同時に、二人は真相を悟った。

月夜公が自ら龍鶏の卵を集めているのは、かわいい甥のためだからではない。それができるのが月夜公だけだからだ。

青緑色の体をいっそう青ざめさせながら、青兵衛は萩乃を見た。できるものなら引き返したいと、その目は訴えていた。

「ど、どうなさるおつもりで？」

「……とるべき手段は一つだけでしょう」

同じく青ざめながらも、萩乃はきっぱりと言った。

「青兵衛、そなた、囮《おとり》になりなさい」

「ひえっ！」

「そなたが龍鶏を引きつけている間に、わたくしは巣を見つけ、卵を持ち出します」

「……手前がそちらの役でもいいんでございやすよ？」

「いいえ。わたくしより、そなたのほうがおいしそうに見えるはずですよ」

「………」

「心配はいりません。そなたに何かあった時は、わたくしが残されたそなたの妻子をしっかりと面倒みますから」

「そんなの、いやでございやすよぉ、手前は自分の目で、うちのおたまじゃくし達にきちんと手足が生えるのを見届けたいんでございやすよぉ」

「だったら、なおのことがんばりなさい。しっかり龍鶏から逃げるのです。そら、お行きなさい」

泣きださんばかりの顔になりながらも、青兵衛は龍鶏の前に飛びだしていった。

ぼうっと、龍鶏の目が白い炎のように燃えあがった。ぐぐっと、物ほしげに喉が鳴る。

「ひえええええっ！」

青兵衛は悲鳴をあげて逃げ始めた。

龍鶏が身をかがめた。長い体を地面に倒し、短めの前足をつくと……。

四つん這いとなって走り出した。まるで蜘蛛《くも》のように素早く青兵衛のあとを追っていく。

青兵衛の悲鳴、それに龍鶏の足音が十分に遠ざかったあと、萩乃は身を潜めていた木陰から抜け出た。

実を言うと、青兵衛のことはそれほど心配していなかった。あれは忠義者で、しかも家族想いの蛙だ。いざとなれば高く跳ねることもできる。家族を残して、むざむざ食われるような目にはあわないだろう。

だからと言って、いつまでも囮をさせておくのも悪い。

早く卵を見つけなければと、萩乃は足を進めた。

やがて、巣らしきものを見つけた。灰色の石をかき集めて作ったような巣だ。中には、墨のように黒い卵が六つあった。

成体の龍鶏に比べ、卵は小さかった。鶏の卵よりふたまわり大きい程度だ。だが、持ち上げてみて驚いた。卵は、まるで金が詰まっているかのように重かったのだ。

いくつも抱えることはできず、萩乃は二つだけ取った。そうして元来た道を戻り、蔵の扉のところで後ろを振り返った。

「青兵衛！　青兵衛、来なさい！」

萩乃の呼び声に応えるように、やがて大地からかすかな震動が伝わってきた。それはみるみる近づいてきたかと思うと、ばっと、奥の茂みより青兵衛が飛びだしてきた。ぴょんぴょんと、跳躍を繰り返しながらこちらに向かってくる。

その少しあとから、龍鶏が姿を現した。逃げる青兵衛に執拗に追いすがっている。白い目をぎらつかせ、大きく口を開けながら。

青兵衛がすぐ近くまで来たところで、萩乃は手に持っていた黒い卵を一つ、思いきり力をこめて投げた。

はっとしたように龍鶏の動きが止まった。投げられた卵へと、頭が引きつけられるように向く。

その隙に、青兵衛は扉をくぐった。萩乃もそれに続き、二人で力を合わせて蔵の扉を閉じたのだ。

「よくやりましたよ、青兵衛」

萩乃は褒めたが、青兵衛は返事もできぬありさまだった。大きな怪我こそしていないが、あちこち擦り傷だらけで、着物も破れてしまっている。なにより、肌がしわくちゃになっていた。わずかな間に干からびたような姿だ。色もすっかりくすんでしまっている。

萩乃が与えた瓢簞《ひょうたん》の水をごくごくとあおったあと、青兵衛はやっと声をしぼりだした。

「も、もう……金輪際《こんりんざい》、龍鶏と追いかけっこはいたしやせんよ。死ぬかと、お、思いやした」

「さすがは青兵衛。よく踏ん張りましたよ。さて次ですが……」

「ま、まだ何か集めるんでございやすかぁ？」

「当たり前です。木の実と卵だけで薬膳鍋《やくぜんなべ》とは言えぬでしょう」

「……手前はそれだけでも十分だと思いやすが……」

青兵衛のつぶやきを当然のごとく無視して、萩乃は次の目的地へと向かうことにした。

三

大仙山《だいせんざん》。

あやかしの間でも名高い霊山だ。背の高い霊木が黒々とした森をなし、しっとりとした霧が木立に満ちており、その湿り気と霊気を養分に、たくさんのきのこが生えることで知られている。

大仙茸《たけ》、赤霊芝《れいし》、霧ヶ茸、薬師茸。

いずれも様々な効能があり、仙薬《せんやく》としても用いられる。薬膳鍋《やくぜんなべ》を作るなら、これらのきのこはぜひ入れたい。

きのこ狩りと聞いて、青兵衛の目がぱっと輝いた。少なくとも、今度は危険な目にあわずにすみそうだ。そう思っているのがありありと見てとれた。

大仙山に入ると、二人はさっそく草をかきわけ、木のうろや根元をのぞき、岩の隙間を見て回った。

こうしたことに不慣れな萩乃には、なかなか骨の折れることだった。だが、青兵衛にはお手のものなのだろう。どんどんきのこを見つけては、背負い籠の中へと入れていく。

感心し、萩乃は思わず言った。

「そなた、きのこ採りで暮らしていけるのではありませんか？」

「へへへ。それもいいかもしれやせん。なにしろ、きのこは追いかけてきたり、食いついてきたりしやせんからねぇ」

「む。さては、先ほどのわたくしの命令をまだ根に持っているのですね？」

「はて、なんのことでございやしょう？」

青兵衛はとぼけてみせた。

背負い籠が半分ほど埋まったところで、青兵衛が萩乃に声をかけてきた。

「萩乃様。薬膳鍋を作るなら、これでもう十分なんじゃございやせんか？」

「そうですね。でも、もう少し」

「わかりやした。それじゃ、もう少し集めやしょう」

そうして、さらに木立に踏み入った時だ。ぶーんと、重たい羽音が二人の耳をかすめた。

子供の手のひらほどもある蜂がいた。甲冑《かっちゅう》を思わせる黒い体に、獰猛《どうもう》そのものの口元、先細りした尻の先端からは長い針がのびている。

そんなのが何匹も飛び交っており、萩乃も青兵衛も凍りついたように動きを止めた。刺激を与えて、襲いかかられてはたまらないからだ。

やっと青兵衛がささやいた。

「あれは武者蜂でございやすよ。しっ！　動いてはだめでございやす！　あれに刺されたら、地獄もかくやと言わんばかりの目にあうそうでございやすよ」

「武者蜂……聞いたことがあります。恐ろしい蜂なれど、蜜《みつ》はたいそう甘いとか」

「……は、萩乃様」

ぎょっとする青兵衛を尻目に、萩乃は熱心に周囲に目を走らせた。

「何匹もいるということは、この近くに巣があるはず。……あっ！　あれですね！」

太い木の枝に、丸く大きな巣がつりさがっていた。そこからさかんに蜂が出入りしている。

萩乃の目が光った。

「蜜で作った蜜玉は、姫様の大好物。身重の体にもいいことでしょう。……ほしいですね」

「で、でも、どうやって蜜をとるんでございやす？」

「そなた、囮《おとり》になりなさい」

「や、やっぱり……！」

堪忍してくださいやしと、青兵衛は涙目になりながら懇願《こんがん》した。

「あれに刺されたら、とんでもねえ面になっちまう！」

「では、刺されぬように逃げることです」

「………………」

「大丈夫です。そなたにもしものことがあっても……」

「うわあああっ！」

萩乃の言葉を最後まで聞かず、青兵衛は涙をしぶきのように散らしながら飛びだしていった。ばちんと、蜂の巣を手ではたき落とし、その後はまっしぐらに茂みの中に逃げていく。

青兵衛は風のような素早さでそれらをやってのけたのだが、それでも武者蜂達からは逃れられなかった。落ちて割れた巣から、黒雲のようにわきだした蜂達は、いっせいに青兵衛を追っていったのだ。

怒り狂った蜂の羽音は、遠雷よりも不気味ですさまじく、隠れている萩乃ですら身震いしたほどだった。

蜂達が遠ざかったあと、萩乃は落ちた巣へと近づいた。残っていた数匹をはじき落とし、蜜の詰まっていそうなところをばりばりとつかみだす。そうして、椀二杯分ほどの蜜を手に入れたのだ。

こぼして無駄にしてはならぬと、萩乃はさっそく術をかけ、蜜を固めて丸くしていった。黄金色の小さな玉が次々とできていく。これを口に入れた時の姫の顔を思い浮かべ、萩乃は自然に笑顔になった。

「そういえば……」

萩乃はふと思い出した。

「うちの子達も、甘いものが好きでしたね」

右京《うきょう》と左京《さきょう》。聞き分けの良い子供達。初音姫の元に通う母親を、いつも笑顔で送り出してくれている。

が、その瞳の奥にあるものに気づかぬほど、萩乃は鈍くはなかった。あの子達には寂しい想いをさせてしまっていると、胸が痛んだ。

「……姫様のためのものではあるけれど、少しだけ、あの子達にも持って帰ってあげましょう」

そう決め、できあがった蜜玉を二つにわけて、懐《ふところ》にしまった。

それから青兵衛を呼んだ。

「青兵衛。もうすみましたよ。戻ってきなさい。青兵衛！」

だが、いくら呼んでも、青兵衛は戻ってこなかった。さすがに心配になり、萩乃は籠を自ら背負い、青兵衛の気配をたどった。

行きついた先は、ずいぶん離れた川の下流であった。

流れてきた水がたまって、池のようになっている場所に、青兵衛はいた。ぷかぁっと、白い腹を見せて浮かんでいたのだ。その体のあちこちが、無残にも赤く腫れあがっている。蜂に追いつかれ、あちこち刺された末、死に物狂いで川に飛びこんだのだろう。そこで力尽き、ここまで流されてきてしまったに違いない。

「あ、青兵衛！」

水に飛びこみ、萩乃は青兵衛を抱き起こした。嬉しいことに、息はしていた。だが、蜂は青兵衛の眉間をも刺したらしい。目と目の間がぼっこりと膨れ、まるで三つ目の蛙のようになってしまっている。

「よくやりました、青兵衛。お手柄でしたよ」

涙を浮かべながら、萩乃は呼びかけた。

それが聞こえたのか、青兵衛はかすかに喉元を動かした。まるで、「もちろん、やってのけやしたとも」と、言わんばかりに。

気を失ったままの蛙と背負い籠を抱え、萩乃はなんとか華蛇族《かだぞく》の屋敷へと戻った。

「まあ、萩乃様！　青兵衛！」

「青兵衛の手当てを。武者蜂に刺されたのです。蜂毒を抜かないと。お医者様の宗鉄《そうてつ》殿を呼びなさい。急いで！」

「は、はい！　萩乃様は？」

「わたくしはこのとおり、無傷です。……青兵衛のおかげなのです」

出迎えにきた蛙達に青兵衛を託したあと、萩乃は背負い籠を持って、台所に向かった。

そこでは、青兵衛の女房で、赤蛙の蘇芳《すおう》が立ち働いていた。

「あらま、萩乃様」

「蘇芳。申し訳ないことをしました。青兵衛に無理をさせてしまいました」

「え？　う、うちの人が何か？」

「蜂に刺されたのです。わたくしのせいです」

申し訳ないと頭を下げながら、萩乃は何があったかを手短に話した。

最初こそこわばり青ざめた顔をしていた蘇芳だが、話を聞き終える頃には顔色が戻っていた。その顔には笑みすら浮かんでいた。

「なんの。それはうちの宿六《やどろく》がどじを踏んだだけでございます。萩乃様のせいじゃございいません」

「しかし……」

「それに、ああ見えて青兵衛は強いのです。たかだか蜂に百回、二百回、刺されたくらいでくたばるような軟弱蛙じゃございませんよ。大丈夫でございます」

にこにこと笑い、蘇芳はそこを動こうとしなかった。萩乃は不思議に思った。自分が蘇芳の立場にいたら、全てを放り出しても、夫の元に駆けつけるだろうに。

「そなた、青兵衛の見舞いに行かないのですか？」

「あとで行きますとも。でも、萩乃様はここで何かあたしに用があるんでは？」

「……そなたにはかないませんね」

背負い籠を差し出しながら、萩乃は薬膳鍋を作りたいのだと言った。

「わたくしは料理が苦手です。でも、姫様に、わたくしが作ったものを食べていただきたい。わたくしでもおいしく作れる鍋の作り方を伝授してほしいのです」

「ようございます。あの初音姫様の料理指南をした蘇芳でございます。萩乃様にも、おいしいお鍋を作らせてさしあげようじゃございませんか」

勇ましく頼もしく、蘇芳はうなずいた。

そのあと、薬膳鍋作りが始まった。

蘇芳は難しいところは手伝ってくれたが、ほとんどは口で指南するだけですませ、できるだけ萩乃にやらせた。

もたつき、不器用ながらも、萩乃は作業をこなしていった。

捻虹樹《ねんこうじゅ》の実は、一粒ずつ、まるで葡萄《ぶどう》の皮をとるように剝いた。小さいし、つぶれやすいので、なかなか手こずった。剝いた実は水につけてあくを抜いておき、その間にとってきたきのこを手で裂いて、食べやすい大きさにして大鍋へと入れていく。

時間はかかったものの、なんとか全部のきのこを鍋の中に入れられた。そこに先ほどの捻虹樹の実を加え、ふたをし、火にかける。

そうしてひと煮立ちさせたあとに、味噌をたっぷりと入れればできあがりだ。

くつくつと煮えた鍋の中からは、様々なきのこの匂いが香り高く立ちのぼっている。ひと口味見をしてみたが、おいしかった。野趣にあふれつつ、優しい味わいが体にしみわたり、全身に温もりが広がるようだ。

だが、そのおいしさに満足したのも束の間、萩乃は龍鶏の卵のことを思い出した。

「いけない。卵のことをすっかり忘れていましたよ。……蘇芳、これはどうしたらいいものかしら」

「食べる時に、鍋を温め直しますでしょう？　そこで割り入れればいいんじゃございませんか？」

「なるほど。そうですね」

「うーん。それにしてもよい香りでございますねぇ。ほんと、匂いからして体によさそうな感じがいたしますよ」

「ええ。本当に。これなら姫様においしく召し上がっていただけるでしょう。礼を言いますよ。蘇芳」

「いえいえ、とんでもない」

　蘇芳は笑いながら手を振った。

「萩乃様が手ずから調理されると聞いて、最初はそりゃあ驚きましたし、どうなることかと思いましたけれど、こんなことを言うのはなんですが、萩乃様は姫様よりもずっと飲みこみが早うございましたよ」

「そ、そうですか？」

「はい。これを機に、お料理をするようになさってみてはいかがです？　旦那様やお子様達も、きっと喜びますよ」

「……それもいいかもしれませんね。でも、まずはこの鍋を姫様に届けなくては。冷めぬうちにね」

鍋にふたをし、持ち上げようとした時、なんと青兵衛が台所にやってきた。体中に紫色の軟膏《なんこう》が塗りつけられ、青緑と紫のまだら蛙となっている。だが、薬の効力なのか、腫れは小さくなっており、目もしゃっきりとしていた。

「青兵衛！」

「おまえさん！　起きてもいいの？」

「もう大丈夫。宗鉄様がきっちり治してくださいやしたからね」

「青兵衛……」

言葉に詰まる萩乃に、青兵衛はにやっと笑った。

「どうしたんでございやす？　その鍋を姫様のところにお届けになるんでございやしょう？」

「え、ええ、そのつもりです」

「なら、早く行こうじゃございやせんか」

「……そなたが供をすると？」

「もちろんでございやす。お供の役目は誰にも譲る気はございやせんよ。こうなったら、最後まで見届けさせていただきやす」

胸を張る青兵衛に、萩乃もようやく笑い返した。

「では、行きましょう」

「へい」

そうして、萩乃と青兵衛は初音のいる人界へと向かった。

初音の今の住まいは、小さな一軒家だ。華麗なる華蛇の屋敷に比べると、まるで真珠《しんじゅ》と石ころほどの違いがあり、「我が姫がこのような場所に住まねばならぬとは！」と、萩乃の嘆きの種の一つになっているのだが……。

当の初音姫自身は、この家での暮らしになんら不満はないらしい。「好きな人と一緒にいられるのだから、どこでも極楽よ」と、悔しがる萩乃に笑って言ってくる。

その家を前にし、萩乃はふんと鼻を鳴らした。

「いつ見てもみすぼらしい家だこと」

「またそんなことを。姫様が聞いたら悲しみやす」

「わかっています。姫様の前では黙っていますよ。……あの男の気配がしますね」

「そりゃ、ここは久蔵殿の家でもあるんでございやすから。中にいても不思議じゃございやせん」

「……………」

眉間にしわをよせながら、萩乃が戸口に手をかけた時だ。家の中から初音姫の声が聞こえてきた。

「おいしい！　とてもおいしいわ、久蔵！」

はっとして、萩乃は戸口の隙間に顔を寄せた。

中には初音がいた。椀を持ち、にこにこしながら何かすすっている。その横には久蔵がいて、にやけた顔で初音姫を見ていた。

「口に合ってよかった。作った甲斐があるってもんだよ」

「あなたが作ったの？　こんなおいしい雑炊《ぞうすい》を？」

「よしとくれよ。ただの卵雑炊だ。誰だって作れるさね。……とにかく、ものが食べられるようになってよかったよ」

しみじみとした顔になりながら、久蔵はそっと初音姫の肩を撫でた。

「長い間、つわり、つらかったね。やっとおさまったんだ。これからは好きなものを好きなだけ食わなくちゃ。なんでも言っておくれ。俺に手に入れられるものなら、なんだって手に入れてくるからさ」

「それでは、またこの雑炊を作ってくれる？」

「そんなんでいいなら、毎日だってこしらえてやるよ」

「ふふ、嬉しい」

幸せそうに雑炊を食べる初音。それを優しく見つめる久蔵。いかにも仲睦《なかむつ》まじそうな若夫婦だ。

そこには二人の世界があった。割りこんではいけない、壊してはならない空気があった。

だから、萩乃は家に入るかわりに、すっと戸口から身を引いたのだ。

戸口の前に龍鶏の卵と、蜜玉を入れた袋を置き、そのまま立ち去るそぶりを見せる萩乃に、青兵衛が慌ててささやいた。

「い、いいのでございやすか？　このまま帰ってしまうんで？　せっかく苦労してお作りになった薬膳鍋でございやしょうに」

「いいのです。あの場にずかずか踏みこんでいくほど、わたくしは野暮ではありませんよ。それに、姫様はおいしく雑炊を召し上がっておいでです。それだけで十分です」

「それでは……この鍋は？　どうなさいやす？」

「……わけましょう。そなたとわたくしとで半分に。蘇芳と子供達とお食べなさい。子供達の体にもいいことでしょう」

「……そういうことなら、ありがたくいただくといたしやす」

きっちり二つに鍋をわけ、二人は別れることにした。

別れ際に、青兵衛は言った。

「萩乃様の御夫君もお子様達も、きっと喜ばれるんじゃございやせんか？　萩乃様が作られた薬膳鍋を食べられるなんて、そうそうないことでございやしょう？」

「そういえば、わたくしが作ったものを食べてもらうのは、これが初めてのことかもしれません」

「それなら、早くお戻りにならなきゃ」

「そうですね。……本当にご苦労さまでした、青兵衛」

「とんでもございやせん。今日一日、退屈とは無縁でございやした。……二度とはごめんでございやすが」

「ふふふ」

「では、手前はこれで失礼を」

「気をつけてお帰りなさい。蘇芳によろしく」

「へい」

青兵衛が立ち去ったあと、萩乃もきびすを返した。

家に帰るのだ。

その夜、家に戻ってきた飛黒と右京と左京は驚いた。家には萩乃がおり、囲炉裏《いろり》の火には鍋がかけられ、うまそうな匂いをいっぱいにふりまいていたからだ。

驚いて固まっている三人に、萩乃はにっこりと笑いかけた。

「お帰りなさい。さ、夕餉《ゆうげ》の支度はできていますから。手を洗って、早くお座りになって」

「にょ、にょ、女房殿……」

「風の司殿から聞きましたよ。罪人が氷牢より逃げたそうですね。ですが、大丈夫です。あなたなれば、必ずや捕えることができましょう。あまり焦らず、今は何か食べて、疲れを癒さなければ。それに……右京、左京。目が腫れていますね。泣くようなことがあったのですか?」

「は、母上……」

「食べながらでいいので、話してくださいな。わたくしも、今日は話したいことがたくさんあるのです。さあ、早くこちらへ」

まだ呆然としている三人を、萩乃は優しく手招いた。

あとがき

読者の皆様、〈妖怪の子預かります〉第七巻を読んでいただき、まことにありがとうございます！　楽しんでいただけたでしょうか？

今回は、烏天狗の双子、右京と左京を中心とする、妖怪達の世界を描きました。この双子は第五巻にちびっと登場したのが最初です。でも、その時から気に入っていたので、もっとエピソードを書きたいなと思っておりました。当初は一話か二話だけでもと思っていたのですが、あれこれと浮かんできてしまい、結局一冊まるごと烏天狗達の話になってしまったのです。

さて、六巻、七巻と、弥助や千弥の出番が少ない巻が続き、不満に思った方もいらっしゃるかもしれません。でも、どうかご心配なく！　第八巻では、ふたたびこの二人が主役として戻ってまいります。ことに弥助は、かつてない危機に見舞われることでしょう。それに対して、千弥がどのような親馬鹿ぶり、もとい対応を見せるのか。ただいま、非常に楽しみながら書いております。出版までどうぞもう少しお待ちくださいませ。

そしてもう一つ、大きなニュースがございます。

このたび、〈妖怪の子預かります〉が、漫画化されることになりました。漫画を描いてくださるのは、『明治瓦斯燈妖夢抄　あかねや八雲』で有名な森野きこりさん。平成三十年十一月二十五日からマッグガーデン「マグコミ」にてネット配信されており、単行本化も予定されております。キャラクター達がコマの中で生き生きと動いているのを見た時は、本当に感動しました。小説では味わえない、絵による「動き」を、ぜひたくさんの人に楽しんでいただきたいものです。

では、みなさま、また八巻にてお会いいたしましょう。

感謝をこめて。

廣嶋玲子

検　印
廃　止

著者紹介　神奈川県生まれ。『水妖の森』でジュニア冒険小説大賞を受賞し、2006年にデビュー。主な作品に、〈妖怪の子預かります〉シリーズ、〈ふしぎ駄菓子屋 銭天堂〉シリーズや『送り人の娘』、『青の王』、『白の王』、『鳥籠の家』などがある。

妖怪の子預かります 7
妖怪奉行所の多忙な毎日

2019年1月11日　初版
2019年5月17日　再版

著　者　廣《ひろ》嶋《しま》玲《れい》子《こ》

発行所　(株)東京創元社
代表者　長谷川晋一

162-0814/東京都新宿区新小川町1-5
電　話　03・3268・8231-営業部
03・3268・8204-編集部
URL　http://www.tsogen.co.jp
フォレスト・本間製本

乱丁・落丁本は、ご面倒ですが小社までご送付ください。送料小社負担にてお取替えいたします。

ISBN978-4-488-56509-1　C0193

第2回創元ファンタジイ新人賞優秀賞受賞作

ARROW◆Aoi Shirasagi

ぬばたまおろち、しらたまおろち

白鷺あおい

創元推理文庫

◆

両親を失い、ひとり伯父の家に引き取られた綾乃には秘密の親友がいた。幼いころ洞穴で見つけた小さな白蛇アロウ。アロウはみるみる成長し、今では立派な大蛇《おろち》だ。

十四歳の夏、綾乃は村祭の舞い手に選ばれた。だが、祭の当日、サーカスから逃げ出したアナコンダが現れ、村は大混乱に。そんななか綾乃は謎の男に襲われるが、そこに疾風のように箒《ほうき》で現れ、間一髪彼女を救ったのは、村に滞在していた美人の民俗学者、大原先生だった。

綾乃はそのまま先生の母校ディアーヌ学院に連れていかれ、そこで学ぶことに。だが、そこは妖怪たちが魔女と一緒に魔法を学ぶ奇妙な学校だった。


第2回創元ファンタジイ新人賞優秀賞受賞作。

創元ファンタジイ新人賞受賞作家の意欲作

THE PARCHED LAND OF GOD◆Akiko Tokizawa

飢え渇く神の地

鴇澤亜妃子

創元推理文庫

◆

西の砂漠に住む飢え渇く神《ダリヤ》は、
何もかもを食べてしまった。
残ったのは妻である豊穣の女神《アシュタール》の心臓の石だけ……

死の神ダリヤの伝説が残る西の砂漠。
遺跡の地図を作ることを生業《なりわい》とする青年カダムは、
探索を終えて落胆しながら帰宅した。
十年以上前、遺跡の調査に行くと言い残したまま、
西の砂漠に消えた家族の行方を探し続けているのだ。
そんなある日、自称宝石商の男が、
カザムを道案内に雇いたいといってきた。
だがカザムたちが砂漠の奥深くへと迫ったとき、
砂漠に眠る恐るべき秘密がその姿をあらわす。